W0352328

SCIENCE FICTION

Herausgegeben
von Wolfgang Jeschke

In gleicher Ausstattung erschienen in der Reihe
HEYNE SCIENCE FICTION & FANTASY:

TITAN 1 · Band 3487
TITAN 2 · Band 3507
TITAN 3 · Band 3520
TITAN 4 · Band 3533
TITAN 5 · Band 3546
TITAN 6 · Band 3558
TITAN 7 · Band 3579
TITAN 8 · Band 3597
TITAN 9 · Band 3614
TITAN 10 · Band 3633
TITAN 11 · Band 3651
TITAN 12 · Band 3669
TITAN 13 · Band 3691
TITAN 14 · Band 3734
TITAN 15 · Band 3787

TITAN 16

Herausgegeben
von
Ben Bova und Wolfgang Jeschke

Klassische Science Fiction-Erzählungen

WILHELM HEYNE VERLAG
MÜNCHEN

HEYNE-BUCH Nr. 3827
im Wilhelm Heyne Verlag, München

Eine Auswahl aus dem Band
SCIENCE FICTION HALL OF FAME, Bd. 2 B
Deutsche Übersetzungen von Heinz Nagel
Das Umschlagbild schuf Oliviero Berni

Redaktion: Wolfgang Jeschke
Copyright © 1973 by The Science Fiction Writers
of America

EINZELRECHTE:
E FOR EFFORT von T. L. Sherred: Copyright © 1947 by Street & Smith
Publications, Inc., and 1972 by T. L. Sherred
IN HIDING von Wilmar H. Shiras: Copyright © 1948 by Street & Smith
Publications, Inc.
THE MOON MOTH von JACK VANCE: Copyright © 1961 by Galaxy Publishing
Corporation, mit freundlicher Genehmigung des Autors und seines Agenten,
Scott Meredith Literary Agency, Inc.
Copyright © 1981 der deutschen Übersetzungen by Wilhelm Heyne Verlag, München
Printed in Germany 1981
Umschlaggestaltung: Atelier Heinrichs & Schütz, München
Gesamtherstellung: Mohndruck Graphische Betriebe GmbH, Gütersloh

ISBN 3-453-30729-1

Inhalt

T. L. Sherred
Das Zeitkino
(E FOR EFFORT)
Seite 7

Wilmar H. Shiras
Verborgen
(IN HIDING)
Seite 74

Jack Vance
Die Mondmotte
(THE MOON MOTH)
Seite 118

T. L. Sherred

Das Zeitkino

Ein Dienstwagen holte den Hauptmann am Flughafen ab. Das Fahrzeug war schwarz und fuhr schnell. In einem engen, stillen Zimmer saß der General steif und gerade, angespannt. Der Major wartete am Fuße der polierten Treppe, die in der Nachtluft frostig glänzte. Reifen quietschten, der Wagen hielt an, und der Hauptmann und der Major rasten die Treppen hinauf. Kein Wort des Grußes fiel. Der General stand schnell auf, streckte die Hand aus. Der Hauptmann riß seine Aktentasche auf und überreichte ein dickes Bündel Papiere. Der General durchblätterte sie eilig und warf dem Major einen Satz hin. Der Major verschwand, und seine harte Stimme hallte befehlsgewohnt durch den Korridor. Der Mann mit der Brille kam herein, und der General reichte ihm die Papiere. Der Mann mit der Brille sortierte sie mit zuckenden Fingern. Auf eine Handbewegung des Generals hin ging der Hauptmann hinaus, ein stolzes Lächeln auf seinem müden jungen Gesicht. Der General klopfte mit den Fingerspitzen auf die schwarz glänzende Tischplatte. Der Mann mit der Brille schob ein paar Landkarten beiseite und begann zu lesen.

Lieber Joe,
ich habe damit angefangen, bloß um die Zeit totzuschlagen, weil ich keine Lust mehr hatte, einfach bloß zum Fenster hinauszustarren. Aber als ich fast am Ende war, begann ich zu begreifen, was vor sich ging. Außer Dir kenne ich niemanden, der das an die richtige Stelle bringen kann, und wenn Du das zu Ende gelesen haben wirst, wirst Du auch wissen, warum es notwendig ist.

Ich weiß nicht, wer Dir dies bringen wird. Aber wer auch immer es ist — er wird ganz bestimmt nicht wollen, daß Du später sein Gesicht identifizieren kannst. Denk daran und, bitte, Joe — beeil Dich!

Ed

Das Ganze fing an, weil ich faul bin. Als ich mir endlich den Schlaf aus den Augen gewischt und im Hotel meine Rechnung bezahlt hatte, waren sämtliche Sitze im Bus besetzt. Ich stellte meinen Koffer in ein Schließfach und machte mich daran, die Stunde totzuschlagen, die ich Zeit hatte, bis der Bus abfuhr. Den Bus-Terminal kennst du: gegenüber dem Book-Cadillac und dem Statler am Washington Boulevard in der Nähe der Michigan Avenue. Michigan Avenue. So wie die Main in Los Angeles oder vielleicht die Dreiundsechzigste in ihrem augenblicklichen Stadium des Verfalls in Chicago, wohin ich wollte. Billige Kinos, Pfandleihgeschäfte und Dutzende von Bars, ein oder zwei Spielsalons, Restaurants, die Hamburger, Brot, Butter und Kaffee für vierzig Cents anbieten. Vor dem Krieg kostete das noch einen Vierteldollar.

Ich mag Pfandleihgeschäfte. Ich mag Kameras, ich mag Werkzeuge, ich mag es, Schaufenster anzusehen, die mit allem möglichen vollgestopft sind, angefangen mit elektrischen Rasierapparaten über Inbusschlüssel zu Oberteilen von Gebißprothesen. Da ich also eine Stunde totzuschlagen hatte, ging ich die Michigan hinunter bis zur Sechsten und dann auf der anderen Straßenseite wieder zurück. In diesem Teil der Stadt gibt es eine Menge Chinesen und Mexikaner, wobei die Chinesen die Restaurants betreiben und die Mexikaner in den Lokalen sitzen und mexikanisch essen. Zwischen der Vierten und der Fünften blieb ich stehen und sah mir ein paar Kinoplakate an. ›Detroit Premiere ... Tausende von Schauspielern ... nur diese Woche ... zehn Cent ...‹ Die paar an den Fenstern klebenden Hochglanzfotos im Format 18 × 24 Zentimeter waren ziemlich schlechte Abzüge, fleckig und zerdrückt; Bilder von Kavallerie in Kettenpanzern in einer Schlacht. Alles für zehn Cents. Genau das, was ich brauchte.

Vielleicht war es mein Glück, daß ich mich auf der Schule besonders für Geschichte interessiert und sogar eine Abschlußarbeit in diesem Fach geschrieben habe. Es muß Glück gewesen sein, ganz bestimmt nicht Intelligenz, die mich dazu brachte, einen Zehner für einen Platz auf einem zerbrechlichen Klappstuhl zu bezahlen, umgeben — obwohl es außer mir höchstens noch ein halbes Dutzend Söhne Mexikos gab — von Wolken von Knoblauch. Ich saß in der Nähe der Tür. Zwei Hundert-Watt-Birnen baumelten nackt von der Decke und lieferten mir genügend

Licht, daß ich mich umsehen konnte. Vor mir an der Hinterwand des Ladens war die Leinwand, sie sah aus wie eine weiß gestrichene Sperrholzplatte, und als ich dann über die Schulter den zerbeulten Sechzehn-Millimeter-Projektor sah, begann ich zu überlegen, ob nicht selbst zehn Cents dafür zuviel waren. Trotzdem, ich hatte noch vierzig Minuten zu warten.

Alle rauchten. Ich zündete mir eine Zigarette an, und der entmutigt aussehende Mexikaner, der meinen Zehner genommen hatte, schloß die Tür ab und schaltete das Licht aus, nachdem er mir einen langen fragenden Blick zugeworfen hatte. Ich hatte meinen Eintritt bezahlt, also erwiderte ich den Blick. Eine Minute später fing der alte Projektor zu klappern an. Kein Vorspann, kein Name eines Produzenten, kein Regisseur, nur ein kurzes Flackern vor der Nahaufnahme eines bärtigen Gesichts, unter dem Cortez stand, dann ein bemalter und gefiederter Indianer mit dem Titel Guatemotzin, Nachfolger von Montezuma; darauf die Luftaufnahme eines hervorragend gemachten Modells mit dem Untertitel ›Ciudad de Méjico, 1521‹. Aufnahmen von alten Vorderlader-Kanonen, die herumballerten, mächtige Mauern, von denen unter direktem Beschuß die Steine absplitterten, hagere Indianer, die unter den üblichen Verrenkungen einen schrecklichen Tod starben, Rauch und Dunst und Blut. Die Fotografie ließ mich in meinem Klappstuhl nach vorne rücken. Da waren nicht die Kratzer und die ruckartigen Schnitte, wie sie für alte Kopien typisch sind, auch keine Verschwommenheit und nicht die üblichen Großaufnahmen des gutaussehenden Hauptdarstellers. Es gab überhaupt keinen gutaussehenden Hauptdarsteller. Haben Sie je einen dieser französischen oder russischen Filme gesehen und über die Realistik und die Tiefe nachgedacht, die ein kleines Budget mit sich bringt, das sich einfach keine berühmten Schauspieler leisten kann? Das hier war genauso gut oder noch besser.

Erst als der Film mit einem langen Schwenk über das blutige Schlachtfeld endete, begann ich zwei und zwei zusammenzuzählen. Man kann sich einfach für ein paar Pennies nicht Tausende von Komparsen leisten oder ein Studio, das groß genug ist, um den ganzen Central-Park hineinzupacken. Allein schon eine Trickaufnahme von einem Schauspieler, der dreißig Fuß tief fällt, kostet genug, um die Buchprüfer zu reizen, und es hatte genügend Mauern gegeben. Das paßte nicht zu dem schlechten Schnitt und der Tatsache, daß es sich um einen Stummfilm gehandelt hatte, es sei denn, der Film wäre noch zur Stummfilmzeit gemacht worden. Und ich wußte, daß das nicht der Fall war — das konnte man mit einem einigermaßen geschulten Auge an den Schwarz-Weiß-Schattierungen sehen, wie sie nur Pan-Film hergibt. Das Ganze sah aus wie eine gut einstudierte, aber schlecht geschnittene Wochenschauaufnahme.

Die Mexikaner begannen sich hinauszuschieben, und ich folgte ihnen zu der Stelle, wo der entmutigt blickende Mann gerade dabei war, die Spule zurückzuwickeln. Ich fragte ihn, wo er die Kopie her hätte.

»Ich habe in letzter Zeit von den Presseagenturen von keinem größeren Epos gehört, und das hier scheint mir eine ziemlich neue Kopie zu sein.«

Er gab zu, daß es sich um eine neue Kopie handle, und fügte dann hinzu, daß er sie selbst gemacht hätte. Ich reagierte höflich darauf, und er sah, daß ich ihm nicht glaubte, und richtete sich von seinem Projektor auf.

»Das glauben Sie nicht, wie?« Ich sagte, ich glaubte es ihm wohl, müsse aber meinen Bus erwischen. »Würden Sie mir bitte sagen, warum, genau warum?« Ich sagte, der Bus . . . »Ehrlich. Ich wäre Ihnen wirklich dankbar, wenn Sie mir sagten, was damit nicht stimmt.«

»Alles stimmt daran«, erklärte ich ihm. Er wartete, daß ich fortführe, und ich sagte: »Nun, zum einen werden solche Filme nicht für das Sechzehn-Millimeter-Geschäft gedreht. Sie haben hier eine Verkleinerung von einer Fünfunddreißig-Millimeter-Aufnahme«, und dann nannte ich ihm einige weitere Punkte, durch die sich Amateuraufnahmen von Hollywood unterscheiden. Als ich geendet hatte, rauchte er eine Minute lang stumm.

»Ich verstehe.« Er nahm die Spule vom Projektor und klappte den Kasten zu. »Ich habe hinten noch ein Bier.« Ich meinte, Bier klinge gut, aber der Bus . . . nun, aber wirklich nur eines. Er holte hinter der Sperrholzleinwand Papierbecher und eine Familienflasche hervor. Dann hängte er ein Schild ›Geschlossen‹ über die offene Tür und öffnete die Flasche mit einem Öffner, der an die Wand geschraubt war. Wahrscheinlich war der Laden früher einmal ein Lebensmittelgeschäft oder ein Restaurant gewesen. Es gab eine Menge Stühle. Zwei davon schoben wir uns zurecht und machten es uns darauf bequem. Das Bier war warm.

»Sie verstehen etwas von diesem Geschäft« — vorsichtig.

Ich faßte es als Frage auf und lachte. »Nicht besonders viel. Auf Ihr Wohl«, dann tranken wir. »Ich hab' einmal einen Lastwagen für die Filmbörse gefahren.« Das amüsierte ihn.

»Fremd hier?«

»Ja und nein. Hauptsächlich ja. Ich mußte wegen meiner Stirnhöhlen hier weg, und dann haben meine Verwandten mich wieder zurückgeholt. Aber das ist jetzt vorbei; das Begräbnis meines Vaters war letzte Woche.« Er sagte, daß ihm das leid täte, und ich meinte, das brauchte es nicht. »Er hatte es auch mit den Stirnhöhlen zu tun.« Das war ein Witz, und er füllte die Becher aufs neue. Wir unterhielten uns eine Weile über das Detroiter Klima.

Schließlich meinte er, etwas tastend: »Hab' ich Sie nicht gestern abend hier gesehen? Gegen acht.« Er stand auf und holte eine frische Flasche.

Ich rief ihm nach: »Für mich kein Bier mehr.« Er brachte trotzdem eine Flasche, und ich sah auf die Uhr: »Also gut, eines noch.«

»Waren das Sie?«

»War ich was?« Ich hielt ihm meinen Pappbecher hin.

»Waren Sie nicht gestern . . .«

Ich wischte mir den Schaum vom Schnurrbart. »Gestern abend? Nein, ich wollte, ich wäre es gewesen. Dann hätte ich meinen Bus erwischt. Nein, gestern abend um acht war ich in der Motor-Bar. Und um Mitternacht war ich immer noch dort.«

Er kaute nachdenklich auf seiner Unterlippe. »Die Motor-Bar. Etwas weiter unten an der Straße?« Ich nickte. »Die Motor-Bar. Hm-m-m.« Ich sah ihn an. »Möchten Sie gerne . . . sicher möchten Sie.« Ehe ich begriffen hatte, wovon er redete, ging er nach hinten und rollte hinter der Sperrholzwand einen großen Musikschrank, eine dieser Radio-Plattenspieler-Kombinationen, heraus und brachte eine weitere Familienflasche. Ich hielt die Flasche, mit der wir gerade zugange waren, ans Licht. Noch halb voll. Ich sah auf die Uhr. Er rollte den Musikschrank gegen die Wand und hob die Klappe auf, um an die Skala zu kommen.

»Greifen Sie mal hinter sich, ja? Der Schalter ist an der Wand.« Ich konnte an den Schalter ohne aufzustehen und knipste ihn an. Das Licht ging aus. Damit hatte ich nicht gerechnet und tastete herum. Dann wurde es wieder hell, und ich lehnte mich erleichtert zurück. Aber die Lichter waren gar nicht eingeschaltet; ich blickte auf die Straße hinaus!

Nun müssen Sie wissen, daß das alles geschah, während mir das Bier aus dem Mund rann und ich versuchte, auf einem wakkeligen Stuhl mein Gleichgewicht zu bewahren — die Straße bewegte sich, nicht ich, und es war Tag, und es war Nacht, und ich stand vor dem Book-Cadillac und ging in die Motor-Bar und beobachtete mich dabei, wie ich ein Bier bestellte und wußte, daß ich hellwach war und nicht träumte. In meiner Panik schoß ich in die Höhe und warf Stühle und Bier um wie ein wildgewordener Regenschirm, während ich mir die Nägel abriß bei dem verzweifelten Versuch, den Lichtschalter zu ertasten. Bis ich ihn gefunden hatte — wobei ich mich die ganze Zeit dabei beobachtete, wie ich auf die Bar hämmerte und nach dem Barkeeper rief —, war ich reif für einen Nervenzusammenbruch. Mitten aus einem ganz gewöhnlichen Tag herausgerissen und in einen Alptraum gestürzt! Und dann fand ich endlich den Schalter.

Der Mexikaner musterte mich mit dem seltsamsten Gesichtsausdruck, den ich je gesehen hatte. Wie wenn er einen Köder in eine Mausefalle gelegt und einen Frosch gefangen hätte. Mich? Wahrscheinlich sah ich aus, als hätte ich den Teufel selbst gesehen. Vielleicht hatte ich das sogar. Der ganze Boden war voll Bier, und ich schaffte es nur mit Mühe zum nächsten Stuhl.

»Was . . .«, stieß ich schließlich heraus, »was war das?«

Die Klappe des Musikschranks fiel herunter. »So war mir beim erstenmal auch zumute. Das hatte ich vergessen.«

Meine Finger zitterten noch zu sehr, um eine Zigarette herauszuholen, und ich riß die obere Hälfte der Packung einfach ab. »Ich habe gesagt, was war das?«

Er setzte sich. »Das waren Sie, in der Motor-Bar, gestern abend um acht.« Ich muß ihn völlig ausdruckslos angesehen haben, als er mir einen frischen Pappbecher reichte. Ich hielt ihn ihm automatisch zum Füllen hin.

»Jetzt hören Sie mal . . .«, fing ich an.

»Wahrscheinlich ist es ein Schock. Ich hatte schon vergessen, wie mir beim erstenmal zumute war. Ich . . . mir macht es jetzt nicht mehr viel aus. Morgen gehe ich zu Phillips Radio.« Das verstand ich nicht, und das sagte ich ihm auch. Er fuhr fort:

»Ich bin erledigt. Pleite. Mir ist jetzt alles egal. Ich laß mich mit Bargeld abfinden und leb dann von den Lizenzen.« Und dann erzählte er mir seine Geschichte, zuerst ganz langsam und dann immer schneller, bis er schließlich aufgeregt auf und ab ging. Ich denke, er war es einfach leid, niemanden zu haben, der ihm zuhörte.

Sein Name war Miguel José Zapata Laviada. Ich sagte ihm den meinen; Lefko. Ed Lefko. Er war der Sohn von Zuckerrübenarbeitern, die irgendwann in den zwanziger Jahren aus Mexiko ausgewandert waren. Sie waren vernünftig genug, keine Schwierigkeiten zu machen, als ihr ältester Sohn die Felder von Michigan verließ, um die Chance wahrzunehmen, die ihm ein Stipendium der New York Academy bot. Als das Stipendium zu Ende war, hatte er in Garagen gearbeitet, Lastwagen gefahren, als Angestellter in Läden gearbeitet und als Klinkenputzer Bürsten verkauft, um leben und lernen zu können. Dann wurde seine Ausbildung von der Militärbehörde unterbrochen, er bekam einen Gestellungsbefehl, und man machte ihn zum Radartechniker. Dann war seine Dienstzeit um, und er nahm eine so nebulöse Idee mit, daß sie eigentlich nicht viel mehr als eine Ahnung war. Damals gab es reichlich Jobs, und es bedurfte eigentlich gar keiner großen Mühe, am Ende genug Geld zu haben, um sich einen Wohnwagen zu mieten und ihn mit Radios und Radargeräten aus überschüssigen Armeebeständen zu füllen. Vor einem Jahr war er mit dem, was er angefangen hatte, fertig geworden, unterernährt, mit Untergewicht und voll Erregung. Aber erfolgreich, weil er es geschafft hatte.

›Es‹ installierte er in einem alten Musikschrank, weil damit leicht umzugehen war und weil sich der Musikschrank als Tarnung anbot. Aus Gründen, die gleich offenkundig sein werden, wagte er es nicht, ein Patent anzumelden. Ich sah ›es‹ ziemlich gründlich an. Wo früher einmal der Plattenteller und die Einstellknöpfe des Radios gewesen waren, gab es jetzt eine Unzahl von Skalen und Potentiometern. Eine große Skala war von Ziffer 1 bis 24 eingeteilt, zwei von Ziffer 1 bis 60, und dann gab es ein rundes Dutzend mit den Ziffern 1 bis 25 sowie zwei oder drei ganz ohne Ziffern. Das Ganze sah wie eines dieser komischen Radio- oder Motor-Testgeräte aus, wie man sie manchmal in Kundendienststationen findet. Das war alles, ja, und noch eine dicke Sperrholzplatte, die das verbarg, was man anstelle des Radiochassis und des Lautsprechers eingebaut hatte. Das perfekte Versteck für ...

Tagträume sind etwas Schönes. Wahrscheinlich haben wir alle einmal in Gedanken von Reichtümern, Ruhm, großen Reisen oder sonstigen fantastischen Dingen geträumt. Aber in einem Stuhl zu sitzen und warmes Bier zu trinken und zu erkennen, daß der Traum aller Zeiten kein Traum mehr ist, sich wie ein Gott zu fühlen, zu wissen, daß man alles und jedes, was jemals geschehen ist — und zwar überall —, beobachten kann — das beunruhigt mich immer noch hin und wieder.

Soviel ich weiß, es ist irgendeine Hochfrequenzgeschichte. Und da ist eine Menge Quecksilber und Kupfer und miteinander verdrahtete Metallstücke, aber was in dem Kasten vor sich geht oder wie und insbesondere weshalb, das übersteigt mein Verständnis. Licht hat Masse und Energie, und diese Masse verliert immer etwas und kann in Elektrizität zurückverwandelt werden oder so ähnlich. Mike Laviada selbst sagt, daß das, auf was er zufällig gestoßen ist und das er dann weiterentwickelt hat, eigentlich gar nichts Neues war, daß Männer wie Compton und Michelsen und Pfeiffer es schon vor dem Krieg häufig beobachtet, es aber als einen nutzlosen Nebeneffekt abgetan hatten. Und das war natürlich, ehe die Atomforschung vor allem anderen Priorität bekam.

Als der erste Schock verging — und Mike mußte mir dazu eine weitere Demonstration liefern —, muß ich einen ziemlich seltsamen Eindruck gemacht haben. Mike sagt, ich hätte mich nicht mehr hinsetzen können. Ich sei aufgesprungen und sei in diesem alten Laden auf und ab galoppiert und hätte Stühle weggestoßen oder wäre über sie gestolpert und hätte die ganze Zeit Worte und zusammenhanglose Sätze hervorgestoßen, schneller als eine Zunge das zuwege brachte. Schließlich dämmerte mir, daß er über mich lachte. Ich verstand nicht, was es da zu lachen gab, und fragte ihn danach. Er begann ärgerlich zu werden.

»Ich weiß, was ich habe«, herrschte er mich an. »Ich bin nicht der größte Narr auf der ganzen Welt, wie Sie anscheinend glauben. Hier, sehen Sie das an«, und damit trat er wieder vor das Radio. »Schalten Sie das Licht aus.« Das tat ich, und jetzt beobachtete ich mich wieder in der Motor-Bar, nur diesmal viel zufriedener. »Passen Sie auf.«

Die Bar schob sich zurück. Zur Straße hinaus, zwei Häuserblöcke hinunter zum Rathaus. Die Treppe hinauf in den Sitzungssaal. Niemand da. Und dann tagte der Stadtrat, und dann waren sie wieder weg. Kein Bild, nicht die Projektion eines Dias, sondern ein Stück Leben, etwa zwölf Fuß im Quadrat. Wenn wir nahe dran waren, war der Blickwinkel eng. Wenn wir weiter entfernt waren, war der Hintergrund genau so scharf wie der Vordergrund. Die Bilder, wenn Sie das Bilder nennen wollen, waren ebenso real, ebenso lebensecht, wie wenn man durch eine Tür in ein Zimmer blickt. Ganz real waren sie, dreidimensional, nur von der Hinterwand oder der Ferne im Hintergrund begrenzt. Mike redete, während er die Skalen betätigte, aber ich war zu fasziniert, um auf das zu achten, was er sagte.

Ich schrie auf und packte meine Stuhllehne und schloß die Augen, so wie Sie das auch tun würden, wenn Sie geradewegs ins Nichts blickten, mit nichts zwischen Ihnen und dem Boden außer einer Menge Rauch und ein paar Wolken. Dann riß ich am Ende eines langen, senkrechten Sturzfluges die Augen wieder auf, und da war ich wieder und blickte auf die Straße hinunter.

»Sie können bis zur Heaviside-Schicht hinaufgehen und soweit hinunter wie jedes Loch in der Erde, überall, jederzeit.« Wieder verschwamm alles vor meinen Augen, und dann verblaßte die Straße und verwandelte sich in einen Hain mit spärlichen Tannen. »Ein vergrabener Schatz. Sicher. Ihn finden, womit?« Die Bäume verschwanden, und ich tastete nach dem Lichtschalter, und er klappte den Deckel des Musikschranks wieder zu und setzte sich.

»Wie kann man denn Geld machen, wenn man kein Startkapital hat?« Ich hatte darauf keine Antwort. »Ich hab' eine Anzeige in die Zeitung gesetzt und angeboten, verschwundene Gegenstände wieder ausfindig zu machen; mein erster Kunde war ein Kerl von der Behörde, der meine Lizenz als Privatdetektiv sehen wollte. Ich habe jedem großen Spekulanten im Lande zugesehen, wie er in seinem Büro saß und kaufte und verkaufte, Pläne machte; was meinen Sie wohl, was passieren würde, wenn ich versuchte, Vorausinformationen über den Aktienmarkt zu verhökern? Ich habe zugesehen, wie der Aktienmarkt stieg und wieder fiel, während ich kaum genug Geld hatte, um mir die Zeitung zu kaufen, in der ich die Börsennachrichten lesen konnte. Ich habe ein paar peruanischen Indianern zugesehen, wie sie das zweite Lösegeld von Atuahalpa vergruben; aber ich hab' nicht das Geld, um nach Peru zu reisen, oder das Geld, um mir die Werkzeuge zum Graben zu kaufen.« Er stand auf und brachte zwei weitere Flaschen Bier. Dann fuhr er fort. Inzwischen waren mir ein paar Ideen gekommen.

»Ich habe Schreibern zugesehen, wie sie die Bücher abfaßten, die in Alexandria verbrannten; wer würde eines kaufen oder mir glauben, wenn ich eines kopierte? Was würde passieren, wenn ich in die Bibliothek hinüberginge und ihnen zeigte, daß sie ihre Geschichtsbücher umschreiben sollen? Wie viele würden sich darum streiten, mir einen Strick um den Hals zu legen, wenn sie wüßten, daß ich sie dabei beobachtet habe, wie sie gestohlen und gemordet oder auch nur ein Bad genommen haben? Was für eine Art Gummizelle würde man mir denn verpassen, wenn ich mit einer Fotografie von Washington oder Cäsar auftauchte? Oder Christus?«

Ich sagte, er hätte wahrscheinlich recht, aber . . .

»Warum, glauben Sie wohl, bin ich hier? Sie haben den Film gesehen, den ich für zehn Cents gezeigt habe. Für zehn Cents! Und das ist alles, weil ich nicht das Geld hatte, mir genug Film zu kaufen oder den Film so zu machen, wie ich eigentlich sollte.« Jetzt sprudelten seine Worte. Er war erregt. »Ich tue das, weil ich das Geld nicht habe, um mir die Dinge zu verschaffen, die ich brauche, um mir das Geld zu verschaffen, das ich brauche . . .« Er war so angewidert, daß er einen Stuhl mit einem Fußtritt durch den Saal stieß. Es war leicht zu erkennen, daß Phillips Radio einen großen Profit gemacht hätte, wenn ich ein wenig später gekommen wäre. Vielleicht wäre es für mich auch besser gewesen.

Nun hat mir noch niemand vorgeworfen, ich hätte keine Nase für einen Profit, obwohl man mir immer wieder erklärt hat, daß ich nie einen Schuß Pulver wert sein würde, aber aufs Geldverdienen verstand ich mich. Ich sah Geld vor mir, leicht verdientes Geld, Geld, wie man es auf der ganzen Welt nicht leichter und nicht schneller verdienen konnte. Einen Augenblick lang sah ich mich in ferner Zukunft ganz oben, soweit oben, daß mir schwindlig wurde und ich Schwierigkeiten mit dem Atmen hatte.

»Mike«, sagte ich, »jetzt trinken wir die Flasche noch aus und dann gehen wir irgendwohin, wo es mehr gibt und vielleicht auch etwas zu essen. Wir haben viel miteinander zu reden.« Und das taten wir.

Bier ist ein verdammt gutes Schmiermittel; ich hab' mich immer schon aufs Reden verstanden, und bis wir die Kneipe verließen, hatte ich eine ziemlich gute Vorstellung von dem, was Mike im Sinn hatte. Als wir uns dann schließlich hinter der Sperrholzwand im Laden schlafen legten, waren wir bereits richtige Partner. Ich kann mich nicht erinnern, daß wir uns je die Hand gegeben hätten, um den Handel zu besiegeln, aber die Partnerschaft steht immer noch. Ich halte große Stücke auf Mike und glaube, daß das für ihn umgekehrt genauso gilt. Das war vor sechs Jahren; ich brauchte nur etwa ein Jahr, um mir die Hörner etwas abzustoßen.

Eine Woche später, an einem Dienstag, fuhr ich mit einer vollen Aktentasche mit dem Bus nach Grosse Pointe. Zwei Tage später fuhr ich mit einer leeren Aktentasche, dafür aber einer vollen Brieftasche, in einem glänzenden Taxi wieder zurück. Es war nicht schwierig gewesen.

»Mr. Jones — oder Smith — oder Brown — ich arbeite für Aristocrat Studios, Persönliche Schnappschüsse. Wir hatten uns gedacht, dieses Bild von Ihnen und . . . nein, das ist nur ein Probeabzug. Das Negativ liegt in unseren Akten . . . Wenn es Sie wirklich interessiert, könnte ich übermorgen mit unserer Aktenkopie wieder hier sein . . . Aber sicher werden Sie das, Mr. Jones. Vielen Dank, Mr. Jones . . .«

Schmutzig? — Sicher. Erpressung ist immer schmutzig. Aber wenn ich eine Frau und eine Familie und einen guten Ruf hätte, dann würde ich mich eben an das Roastbeef halten und den Roquefort vergessen. Ziemlich überreifen Roquefort übrigens. Mike gefiel das Ganze noch weniger als mir. Es bedurfte einiger Überredung, und ich mußte ihm die alte abgedroschene Redensart vom Zweck, der die Mittel heiligt, auftischen, und außerdem konnten die es sich ja ganz gut leisten. Und überdies, wenn einer Schwierigkeiten machte, konnte er das Negativ meinetwegen auch gratis bekommen. Einige von ihnen waren ziemlich übel.

Jetzt hatten wir also Geld; nicht besonders viel, aber für den Anfang reichte es. Ehe wir den nächsten Schritt taten, gab es eine ganze Menge zu entscheiden. Es gibt eine Unzahl Leute, die sich ihren Lebensunterhalt dadurch verdienen, daß sie Millionen davon überzeugen, daß Stinko-Seife besser ist. Unser Problem war etwas schwieriger: Zuerst mußten wir ein verkäufliches, profitables Produkt herstellen und anschließend mußten wir viele, viele Millionen davon überzeugen, daß unser ›Produkt‹ absolut ehrlich und absolut akkurat war. Wir alle wissen, daß man etwas nur lange genug und laut genug zu wiederholen braucht, bis viele — oder die meisten — es als die reine und lautere Wahrheit akzeptieren. Das erforderte aber Publicity im internationalen Maßstab. Für die Skeptiker, die sich von Werbung und Public Relations nicht einfangen lassen, mußten wir uns anderer Techniken bedienen. Und da wir ganz bestimmt nur eine Chance bekommen würden, mußte alles gleich beim erstenmal richtig laufen. Ohne Mikes Maschine wäre das unmöglich gewesen; aber ohne die Maschine wäre das, was wir vorhatten, auch unnötig gewesen.

Wir mußten eine Menge Schweiß vergießen, ehe wir auf den unserer Ansicht nach einzig möglichen Plan stießen. Wir wählten die einzig mögliche Methode, das Interesse der ganzen Welt auf uns zu ziehen — das Feld der Unterhaltung. Dabei kam es auf absolute Geheimhaltung an, und deshalb traten wir auch erst in Aktion, als wir uns alles bis auf die letzte Stelle hinter dem Komma ausgerechnet hatten. Und so packten wir es an:

Zuerst suchten wir uns ein geeignetes Gebäude, genauer gesagt Mike übernahm das, während ich für einen Monat an die Ostküste flog, nach Rochester. Das Gebäude, das er mietete, war eine alte Bank. Wir ließen sämtliche Fenster verdunkeln und vorne ein luxuriöses Büro einbauen — die kugelsicheren Scheiben waren meine Idee —, eine Klimaanlage, eine Bar, elektrische Anlagen, wie Mikes Herz sie begehrte, und eine blonde Sekretärin, die sich einbildete, sie arbeitete für das M-E Experimental-Labor. Als ich aus Rochester zurückkam, übernahm ich es, die Steinmetze und Elektriker bei Laune zu halten, während Mike sich in unserer Suite im Book-Cadillac betätigte, wo er durchs Fenster auf seinen alten Laden hinausblicken konnte. Angeblich verkauften die dort jetzt Schlangenöl. Als das ›Studio‹, wie wir es nannten, fertig war, zog Mike ein, und die blonde Sekretärin gewöhnte sich an, Liebesromane zu lesen und allen Vertretern, die vorbeikamen, zu sagen: nein, wir brauchen nichts. Ich flog nach Hollywood.

Ich verbrachte eine Woche damit, in den Schauspieler-Karteien herumzustöbern, bis ich hatte, was ich brauchte, und einen weiteren Monat, bis ich eine Kamera mieten konnte, die für Trucolor-Film geeignet war. Damit war das schwierigste Problem gelöst. Als ich nach Detroit zurückkam, war auch die große Plattenkamera aus Rochester mit einer Wagenladung von Colorplatten da. Alles bereit.

Wir machten eine große Zeremonie daraus. Wir schlossen die Läden, und ich ließ den Korken einer der Champagnerflaschen, die ich gekauft hatte, knallen. Die blonde Sekretärin war sehr beeindruckt; alles, was sie bisher für ihr Gehalt hatte tun müssen, war, Pakete, Kisten und Schachteln in Empfang zu nehmen. Wir hatten keine Weingläser, aber das störte uns nicht. Zu nervös und aufgeregt, um mehr als eine Flasche zu trinken, gaben wir den Rest der Blondine und sagten ihr, sie könne sich den Nachmittag frei nehmen. Nachdem sie gegangen war — und ich glaube, sie war etwas enttäuscht, weil sie sich von der Party mehr versprochen hatte —, schlossen wir hinter ihr ab und gingen in das eigentliche Studio, versperrten auch dort die Türen und machten uns an die Arbeit.

Ich erwähnte schon, daß die Fenster verdunkelt waren. Die Innenwand war in stumpfem Schwarz gestrichen, und das Ganze war angesichts der hohen Decke, die die alte Bankhalle hatte, sehr eindrucksvoll. Aber keineswegs düster. Mitten im Studio stand die große Trucolor-Kamera, schußbereit und startfertig. Von Mikes Maschine war nicht viel zu sehen. Aber ich wußte, daß sie an einer Seitenwand stand, so daß das Bild an der hinteren Wand entstehen würde. Nicht *auf* der Wand natürlich, weil die produzierten Bilder in die Luft projiziert werden, so wie wenn sich die Bündel zweier Scheinwerfer treffen. Mike hob den Deckel, und ich konnte seine Silhouette vor den winzigen Lichtern sehen, die die Skalen beleuchten.

»Nun?« sagte er erwartungsvoll.

Ich fühlte mich ziemlich wohl, bis hinunter zu der Geldbörse, die in meiner Hosentasche steckte.

»Jetzt bist du dran, Mike«, und ein Schalter klickte. Da war er, ein junger Mann, tot seit zweitausendfünfhundert Jahren, ganz real, fast hätte man ihn berühren können. Alexander. Alexander von Mazedonien.

Vielleicht interessieren ein paar Einzelheiten zu jenem ersten Film. Ich glaube nicht, daß ich je vergessen werde, was in den nächsten zwölf Monaten geschah. Zuerst folgten wir Alexander durch sein ganzes Leben, vom Anfang bis zum Ende. Die nebensächlichen Dinge, die er tat, übersprangen wir natürlich, sprangen jeweils Tage, manchmal Wochen und einige Male sogar Jahre in die Zukunft. Dann verloren wir ihn oder stellten fest, daß er sich räumlich bewegt hatte. Das bedeutete, daß wir vor und zurück springen mußten, bis wir ihn wieder fanden; wie Artillerie, wenn sie sich auf ein Ziel einschießt. Das, was über ihn geschrieben worden war, half uns nur gelegentlich, und wir staunten immer wieder, wie verzerrt sein Leben doch dargestellt war.

Ich frage mich oft, warum sich um berühmte Leute solche Legenden entwickeln. Schließlich ist ihr Leben genauso erregend oder abstoßend wie das, was Schriftsteller erfinden. Und unglücklicherweise mußten wie uns ziemlich eng an geschichtlich akzeptierte Fakten halten. Wenn nicht, hätte sich wahrscheinlich jeder Geschichtsprofessor in seine Ecke zurückgezogen und uns ausgelacht. Das Risiko konnten wir nicht eingehen. Wenigstens anfänglich nicht.

Nachdem wir etwa wußten, was wann geschehen war, sahen wir in unseren Notizen nach, um uns eine besonders fotogene Szene herauszupicken und eine Weile an ihr zu arbeiten. Am Ende hatten wir eine ziemlich gute Vorstellung, was wir tatsächlich wählen würden. Dann setzten wir uns hin und schrieben ein richtiges Drehbuch und ließen dafür Raum für die Aufnahmen, die wir später doubeln wollten. Mike benutzte seine Maschine als Projektor, und ich bediente die Trucolor-Kamera mit fester Einstellung, so wie wenn man einen Film aufnimmt. Wenn jeweils eine Rolle fertig war, schickten wir sie zum Entwickeln nach Rochester, statt an eine der Firmen in Hollywood, die das vielleicht billiger gemacht hätten. Rochester ist die schrecklichen Amateursachen so gewöhnt, daß ich bezweifle, ob sich dort jemals irgend jemand etwas ansieht. Wenn die Rolle dann zurückkam, sahen wir sie uns selbst an, ob die Farben stimmten und so weiter.

So mußten wir beispielsweise die überlieferten Streitereien mit seinem Vater Philipp zeigen. Wir hatten vor, das meiste später nachzudoubeln. Olympias, seine Mutter, und die zahnlose Schlange, die sie so schätzte, brauchte kein Doubel, da wir sie aus einer Entfernung und einem Winkel aufnahmen, daß keine Konversation nötig war. Die Szene, in der Alexander das wilde Pferd ritt, das sonst keiner reiten konnte, hatte sich irgendein Biograph ausgedacht, aber wir fanden sie so berühmt, daß wir einfach nicht darauf verzichten wollten. Die Nahaufnahmen fügten wir später mit Doubel ein, und der tatsächliche Reiter war ein junger Skythe, der sich immer in der Nähe der königlichen Stallungen aufhielt, weil dort manchmal für ihn etwas zu essen abfiel. Roxanne war echt wie die übrigen Frauen der Perser, die Alexander sich hielt. Zum Glück waren die meisten von ihnen so gebaut, daß sie auf der Leinwand gut wirkten. Philip und Parmenio und die übrigen Typen trugen alle dichte Bärte, was die Doubelaufnahmen und das spätere Nachsynchronisieren erleichterte. (Wenn Sie je zugesehen haben, wie die sich damals rasierten, verstehen Sie, warum Bärte so beliebt waren.)

Die größten Schwierigkeiten bereiteten die Innenaufnahmen.

Rauchige Dochte in einer Schale mit Fett sind, und wenn noch so reichlich vorhanden, selbst für empfindlichen Film zu schwach. Mike kam schließlich auf die Idee, die Trucolor-Kamera langsamer laufen zu lassen, und das erklärt, weshalb wir von einer ziemlich weit abgeblendeten Linse so erstaunliche Klarheit und Tiefenschärfe bekamen. Wir hatten so viel Zeit wie wir brauchten, um uns die besten Szenen und Kamerastandpunkte auszusuchen; selbst die besten Schauspieler der Welt und teure Kameragalgen oder wiederholte Takes unter dem besten Regisseur waren keine Konkurrenz für uns. Schließlich hatten wir ein ganzes Leben zur Verfügung, aus dem wir auswählen konnten.

Schließlich hatten wir etwa achtzig Prozent dessen, was sie alle in dem fertigen Film sahen, aufgenommen. Wir klebten die einzelnen Rollen aneinander und saßen da, berauscht von dem, was wir geschafft hatten. Das Ganze war viel erregender und spektakulärer, als wir zu hoffen gewagt hatten. Daß der Zusammenhang fehlte und daß es bis jetzt noch ein Stummfilm war, konnte uns nicht von der Erkenntnis abbringen, daß wir gute Arbeit geleistet hatten. Wir hatten alles getan, was wir konnten, und das Schlimmste stand uns noch bevor. Also bestellten wir Champagner und sagten der Blondine, daß wir Grund zum Feiern hätten. Sie kicherte.

»Was machen Sie dort drinnen eigentlich?« wollte sie wissen. »Jeder Vertreter, der an die Tür kommt, möchte wissen, was Sie machen.«

Ich öffnete die erste Flasche. »Sagen Sie ihnen einfach, daß Sie es nicht wissen.«

»Das sag ich denen ja die ganze Zeit. Die halten mich alle für schrecklich dumm.« Wir lachten alle über die Vertreter.

Mike begann nachdenklich zu werden. »Wenn wir das öfter vorhaben, sollten wir uns ein paar von diesen teuren Gläsern mit den hohen Stielen besorgen.«

Das schien der Blondine zu gefallen. »Und wir könnten sie in meiner untersten Schreibtischschublade aufbewahren.« Sie verzog die Nase, was sehr hübsch aussah. »Diese Bläschen — wissen Sie, das ist jetzt das dritte Mal, daß ich Champagner trinke, das erste Mal war bei einer Hochzeit, und damals war es nur ein Glas.«

»Schenk ihr nach«, schlug Mike vor. »Mein Glas ist auch leer.«

Das tat ich. »Was haben Sie denn mit den Flaschen gemacht, die Sie letztesmal mit nach Hause genommen haben?«

Sie wurde rot und kicherte dann. »Mein Vater wollte sie aufmachen, aber ich hab' ihm gesagt, Sie hätten gesagt, wir sollten sie für einen besonderen Anlaß aufheben.«

Inzwischen hatte ich bereits die Füße auf ihrem Schreibtisch. »Das ist dann also der besondere Anlaß«, drängte ich. »Nehmen Sie noch einen, Miß . . . wie heißen Sie eigentlich mit Vornamen? Ich bin nicht gern nach Arbeitsschluß formell.«

Das versetzte ihr einen Schock. »Dabei unterschreiben Sie und Mr. Laviada jede Woche meinen Gehaltsscheck! Ruth.«

»Ruth. Ruth.« Ich ließ den Namen zwischen den Champagnerbläschen auf meiner Zunge zergehen, und er klang gut.

Sie nickte. »Und Sie heißen Edward, und Mr. Laviada Migwell. Oder?« Dabei lächelte sie ihm zu.

»MiGELL«, erwiderte er das Lächeln. »Alte spanische Sitte. Gewöhnlich zu Mike abgekürzt.«

»Wenn Sie mir noch eine Flasche herüberreichen«, erbot ich mich, »dann dürfen Sie aus Edward Ed machen.« Sie reichte sie mir.

Als wir schließlich bei der vierten Flasche angelangt waren, herrschte dicke Freundschaft zwischen uns. Anscheinend war sie vierundzwanzig, frei und ledig und mochte Champagner.

»Aber«, druckste sie beleidigt, »ich würde trotzdem gern wissen, was Sie Tag und Nacht dort machen. Ich weiß, daß Sie manchmal nachts auch hier sind, weil ich oft Ihren Wagen draußen gesehen habe.«

Mike überlegte. »Nun«, meinte er ein wenig unsicher, »wir machen Bilder.« Er blinzelte mir zu. »Wir könnten sogar von Ihnen Bilder machen, wenn Sie schön darum bitten.«

Ich schaltete mich ein. »Wir machen Bilder von Modellen.«

»Oh, nein!«

»Doch. Modelle von Sachen und von Leuten und alles mögliche. Kleine Modelle. Es sieht dann aus wie echt.« Ich glaube, das enttäuschte sie ein wenig.

»Nun, jetzt weiß ich es, und mir ist dabei schon wohler. Ich unterschreibe all die Rechnungen und Lieferscheine aus Rochester und weiß nicht, was ich da abzeichne. Bloß, daß es Film oder so etwas sein muß.«

»Genau das ist es; Filme und solches Zeug.«

»Nun, das hat mich immer gestört — nein — hinter dem Ventilator stehen noch zwei.«

Nur noch zwei. Kapazität hatte sie schon, das mußte man ihr lassen. Ich fragte sie, ob sie gerne Urlaub hätte. Sie hatte noch gar nicht an Urlaub gedacht.

Ich sagte, sie solle besser anfangen, darüber nachzudenken. »Wir fahren übermorgen nach Los Angeles, Hollywood.«

»Übermorgen? Aber . . .«

Ich beruhigte sie. »Sie kriegen trotzdem bezahlt. Aber ich weiß nicht, wie lange wir weg sein werden, und es hat ja wohl wenig Sinn, wenn Sie hier herumsitzen und nichts zu tun haben.«

Und Mike sagte: »Gib mal die Flasche her«, und ich gab sie ihm. Dann fuhr ich fort.

»Sie bekommen trotzdem Ihre Schecks. Wenn Sie wollen, zahlen wir sie im voraus und . . .«

Ich begann mich langsam mit Champagner zu füllen, das taten wir alle. Mike summte leise vor sich hin, glücklich und vergnügt wie ein Taco. Ruth hatte schon einige Schwierigkeiten. Ich konnte ihr das gut nachfühlen, weil es mir auch Schwierigkeiten bereitete, sie zu beobachten, da sie mit dem Drehstuhl verschwamm. Blaue Augen, sooo groß, das Haar etwas verschwommen. Hm-m-m. Nur Arbeit und überhaupt kein Vergnügen — sie reichte mir die letzte Flasche.

Sie hielt sich artig die Hand vor, als sie aufstieß. »Ich werde die Korken aufheben — nein, das werde ich nicht. Mein Vater würde wissen wollen, was ich mir eigentlich vorstelle, mit meinen Chefs zu trinken.«

Ich sagte, es sei nicht gut, seinen Vater zu ärgern. Mike sagte, warum eigentlich sich mit schlechten Ideen herumschlagen, wo er doch eine gute hätte. Das interessierte uns. Schließlich hilft nichts besser als eine gute Idee, um die Dinge etwas netter zu machen.

Mike war richtig gesprächig. »Wir fahren nach Los Angeles.«

Wir nickten feierlich.

»Nach Los Angeles zum Arbeiten.«

Wieder ein Nicken.

»Wir werden in Los Angeles arbeiten, und was nehmen wir uns dort für ein hübsches blondes Mädchen zum Briefeschreiben?«

Schrecklich. Kein hübsches blondes Mädchen zum Briefeschreiben und Champagner trinken. Wirklich traurig.

»Wir werden ohnehin jemanden einstellen müssen, um Briefe zu schreiben. Vielleicht keine Blondine. In Hollywood gibt es keine Blondinen. Jedenfalls keine guten. Also . . .«

Jetzt begriff ich seine wunderbare Idee und beendete den Satz für ihn. »Also nehmen wir die hübsche Blondine mit nach Los Angeles zum Briefeschreiben!«

Was für eine Idee das war! Wenn sie auch nur eine Flasche früher gekommen wäre, dann wäre uns gar nicht klargeworden, wie gut. Ruth sprudelte wie eine frische Flasche, und Mike und ich saßen da und grinsten wie die Blöden.

»Aber das geht doch nicht! Ich kann doch nicht übermorgen einfach . . .«

Mike war großartig. »Wer hat etwas von übermorgen gesagt? Wir haben es uns anders überlegt. Wir fahren gleich.«

Das schockierte sie. »Jetzt gleich! Einfach so?«

»Jetzt gleich. Einfach so.« Ich war sehr entschieden.

»Aber . . .«

»Kein aber. Jetzt gleich. Einfach so.«

»Nichts anzuziehen . . .«

»Kleider kann man überall kaufen. Die besten in Los Angeles.«

»Aber mein Haar . . .«

Mike empfahl einen Friseur — in Hollywood vielleicht?

Ich schlug mit der Faust auf den Tisch. Er fühlte sich massiv an. »Rufen Sie den Flughafen an. Drei Tickets.«

Sie rief den Flughafen an. Sie ließ sich leicht einschüchtern.

Der Flughafen sagte, wir könnten zu jeder vollen Stunde nach Chicago fliegen und dort in die Maschine nach Los Angeles umsteigen. Mike wollte wissen, weshalb sie eigentlich Zeit mit Telefonieren vergeudete, wo wir doch schon längst hätten abgereist sein können. Sie hielt die Räder des Fortschritts auf, Sand im Getriebe. Noch eine Minute, um ihren Hut zu holen.

»Pappi können Sie vom Flughafen aus anrufen.«

Ihre Einwände ließen sich leicht mit ein paar Andeutungen wegwischen, wieviel Spaß man doch in Hollywood haben könne. Wir hängten ein Schild an die Tür: ›Sind zum Essen gegangen — im Dezember wieder da‹ und schafften die Vier-Uhr-Maschine am Flughafen, bloß für einen Anruf bei Pappi blieb keine Zeit. Ich sagte dem Parkwärter, er solle unseren Wagen im Auge behalten, bis er wieder von mir höre, und wir schafften es gerade noch rechtzeitig die Gangway hinauf und ins Flugzeug. Die Gangway wurde weggerollt, die Motoren brummten, und schon waren wir in der Luft, und Ruth hielt ihren Hut fest, schützte ihn vor einer imaginären Brise.

In Chicago hatten wir zwei Stunden Aufenthalt. Auf dem Flughafen wird kein Alkohol verkauft, aber ein freundlicher Taxifahrer fand für uns eine geeignete Bar, von der aus Ruth ihren Vater anrief. Wir hielten uns vorsichtig in einiger Entfernung von der Telefonzelle, und nach dem, was Ruth uns erzählte, mußte er tatsächlich ziemlich erbost gewesen sein. Der Barkeeper hatte keinen Champagner, verpaßte uns aber die Spezialbehandlung, die wohl für solche Gäste reserviert war, die Champagner bestellten. Der Taxifahrer sorgte dafür, daß wir die Maschine zwei Stunden später erreichten.

In Los Angeles trugen wir uns im Commodore ein, stocknüchtern und etwas beschämt. Am nächsten Tag ging Ruth einkaufen, um Kleider für sich und uns zu besorgen. Wir gaben ihr unsere Größen und genug Geld mit, um ihren Kater zu mildern. Mike und ich telefonierten ein wenig. Nach dem Frühstück saßen wir herum, bis der Angestellte an der Rezeption uns mitteilte, ein Mr. Lee Johnson wolle uns sprechen.

Lee Johnson war ein Profi seines Gewerbes. Hochgewachsen, gut aussehend, gepflegte Aussprache. Wir stellten uns als junge Produzenten vor. Seine Augen leuchteten auf, als wir das sagten. Das war Wasser auf seine Mühle.

»Es ist nicht ganz so, wie Sie vielleicht glauben«, erklärte ich ihm. »Wir haben bereits achtzig Prozent oder mehr der Endkopie.«

Er wollte wissen, was wir von ihm wollten.

»Wir haben ein paar tausend Fuß Trucolor-Film. Sparen Sie

sich die Frage, woher wir die haben. Alles stumm. Wir brauchen Ton und an einigen Stellen einkopierte Sprechszenen.«

Er nickte. »Ganz einfach. In welchem Zustand ist der Master?«

»In perfektem Zustand. Im Augenblick liegt er im Hotelsafe. Die Story hat noch ein paar Lücken, die wir füllen müssen. Wir brauchen eine ganze Anzahl männlicher und weiblicher Komparsen. Und alle müssen für Bargeld arbeiten, sie werden im Vorspann nicht erwähnt.«

Johnson hob die Brauen. »Und warum das? Erwähnung im Vorspann ist hier Gold wert.«

»Dafür gibt es einige Gründe. Wir haben bei den Aufnahmen — und fragen Sie uns bitte nicht, wo sie gemacht wurden — vereinbart, daß es überhaupt keinen Vorspann geben würde.«

»Wenn Sie Glück haben und Leute finden, die gerade frei sind, könnten Sie es schaffen. Aber wenn Ihr Material etwas taugt, werden meine Boys verlangen, daß sie im Vorspann erwähnt werden, und ich glaube, darauf haben sie ein Recht.«

Ich sagte, das sei durchaus vernünftig. Die Techniker waren wichtig, und ich war bereit, gut zu zahlen. Besonders dafür, daß sie den Mund hielten, bis der Film freigegeben werden konnte. Vielleicht sogar noch nachher.

»Ehe wir das Gespräch fortsetzen«, Johnson erhob sich und griff nach seinem Hut, »möchte ich gerne die Kopie sehen. Ich weiß nicht, ob wir . . .«

Ich wußte, was er dachte. Amateure. Heimfilme. Porno vielleicht?

Wir holten die Rollen aus dem Hotelsafe und fuhren zu seinem Labor draußen am Sunset. Er hatte das Dach seines Kabrioletts aufgeklappt, und Mike hoffte, so daß alle es hören konnten, daß Ruth so vernünftig sein würde, uns Sporthemden zu besorgen, die nicht kratzten.

»Ihre Frau?« fragte Johnson beiläufig.

»Sekretärin«, antwortete Mike ebenso gleichgültig. »Wir sind letzte Nacht mit dem Flugzeug angekommen, und sie besorgt uns leichte Kleidung.« Johnsons Wertschätzung für uns stieg sichtlich.

Ein Träger kam uns aus dem Laborgebäude entgegen, um den Koffer mit den Filmrollen hineinzutragen. Es war ein langes, flaches Gebäude, das vorne die Büros und hinten die eigentlichen Laboratorien enthielt. Johnson führte uns zur Seitentür hinein und rief jemanden, dessen Namen wir nicht verstanden. Der Mann nahm die Rollen in Empfang und verschwand im hinteren Teil des Vorführraums. Wir saßen eine Minute in weichen Lehnsesseln, bis der Vorführer uns durch ein Summersignal zu verstehen gab, daß er soweit sei. Johnson sah uns an, und wir nickten. Er legte einen Schalter am Arm seines Lehnsessels um, und die Deckenbeleuchtung ging aus. Der Film begann.

Insgesamt dauerte er einhundertzehn Minuten. Wir beobachteten Johnson beide, so wie eine Katze ein Rattenloch bewacht. Als das Filmende weiß auf der Leinwand erschien, signalisierte er mit seinem Summer nach Licht. Es wurde hell. Er sah uns an.

»Wo haben Sie die Kopie her?«

Mike grinste ihn an. »Können wir ein Geschäft machen?«

»Ein Geschäft machen?« Er wurde ganz heftig. »Und ob wir ein Geschäft machen können. Das größte, das Sie je gesehen haben!«

Der Mann aus der Vorführkabine kam herunter. »He, das war gut. Wo haben Sie das her?«

Mike sah mich an. Ich erklärte: »Das muß unter uns bleiben.«

Johnson sah seinen Angestellten an, worauf dieser die Achseln zuckte. »Geht mich nichts an.«

Ich ließ dem Köderfisch etwas Leine. »Hier ist er nicht gedreht. Ist ja egal, wo.«

Johnson stand auf und schlang den Köderfisch samt Haken und Leine hinunter. »Europa! Hm-m-m. Deutschland. Nein, Frankreich. Rußland, vielleicht, Einstein oder Eisenstein, oder wie der Kerl heißt?«

Ich schüttelte den Kopf. »Das hat nichts zu besagen. Die Hauptdarsteller sind alle tot oder nicht mehr im Geschäft, aber ihre Erben ... nun, Sie verstehen schon.«

Johnson verstand. »Völlig richtig. Hat ja keinen Sinn, ein Risiko einzugehen. Wo ist der Rest?«

»Wer weiß? Wir hatten Glück, so viel zu retten. Geht es?«

»Es geht.« Er überlegte einen Augenblick lang. »Holen Sie

Bernstein. Oder noch besser Kessler und Marrs auch.« Der Vorführer ging. Ein paar Minuten später kamen Kessler, ein untersetzter Mann, und Marrs, ein junger, nervöser Kettenraucher, mit Bernstein, dem Tonspezialisten, herein. Wir wurden einander vorgestellt, und Johnson fragte, ob es uns etwas ausmachen würde, uns noch einmal eine Vorführung anzusehen.

»Nee. Gefällt uns ja besser als Ihnen.«

Nicht ganz. Kessler und Marrs und Bernstein bombardierten uns, kaum daß das Licht wieder angegangen war, mit erstaunten Fragen. Wir gaben ihnen dieselben Antworten, die wir Johnson gegeben hatten. Aber die Aufnahme, die man uns bereitet hatte, gefiel uns, und das sagten wir auch.

Kessler brummte: »Ich möchte wirklich wissen, wer da an der Kamera war. Ich hab' seit Ben Hur nichts mehr so Gutes gesehen. Das ist sogar noch besser als Ben Hur. Der Junge versteht sein Handwerk.«

Ich brummte zurück. »Das ist das einzige, was ich Ihnen sagen kann. Die Fotografie stammt von den Jungs, mit denen Sie gerade reden. Danke für das Kompliment.«

Alle vier starrten uns an.

Und Mike sagte: »Stimmt.«

»He , he!« Das war Marrs. Sie sahen uns alle mit neuem Respekt an. Man fühlte sich richtig wohl dabei.

Als das Schweigen schließlich peinlich wurde, war es Johnson, der es brach: »Was steht jetzt als nächstes auf dem Programm?«

Wir kamen zur Sache. Mike war es, wie gewöhnlich, zufrieden, mit halbgeschlossenen Augen dazusitzen und zuzuhören und mir das Reden zu überlassen.

»Wir möchten den Streifen von Anfang bis Ende vertont haben.«

»Mit Vergnügen«, sagte Bernstein.

»Wenigstens ein Dutzend, vielleicht auch mehr Sprechdarsteller, die den Hauptdarstellern, die Sie gesehen haben, entsprechen.«

Johnson nickte. »Einfach. Die haben sämtliche Gesichter in der Kartei.«

»Ich weiß. Haben wir bereits überprüft. Kein Problem. Die müssen sich bar bezahlen lassen und auf eine Nennung im Vorspann verzichten. Die Gründe habe ich bereits Mr. Johnson erklärt.«

Marrs stöhnte. »Ich wette, das muß ich übernehmen.«

Johnson schien das zu stören. »Richtig. Noch etwas?« Das galt wieder mir.

Das wußte ich nicht. »Nur, daß wir noch keine Pläne für den Verleih haben. Das müssen wir noch besprechen.«

»Kinderleicht.« Johnson schien erfreut. »Wenn United Artists das zu sehen bekommt, werden sie einen Salto schlagen.«

»Und was ist mit den anderen Aufnahmen? « wollte Marrs wissen. »Haben Sie schon einen Drehbuchautor?«

»Wir haben etwas, das als Drehbuch verwendet werden kann, oder kriegen zumindest in einer Woche eins zusammen. Wollen Sie es sich einmal mit uns durchsehen?«

Das wollte er.

»Wieviel Zeit haben wir?« warf Kessler ein. »Das wird einige Arbeit machen. Wann soll der Streifen fertig sein?« Er sprach schon in der ›Wir‹-Form.

»Gestern wollen wir ihn«, herrschte Johnson ihn an und stand auf. »Irgendwelche Vorstellungen von wegen Musik? Nein? Wollen sehn, ob wir Werner Janssen und seine Boys kriegen. Bernstein, Sie sind jetzt für die Kopie verantwortlich. Kessler, holen Sie Ihre Crew herein und sehen Sie ihn sich an. Marrs, Sie gehen mit Mr. Lefko und Mr. Laviada in die Schauspielerkartei, sobald es den Herren angenehm ist. Bleiben Sie mit ihnen im Commodore in Verbindung. Wenn Sie jetzt bitte in mein Büro kommen möchten, können wir über die finanziellen Details sprechen . . .«

So einfach ging das.

Oh, ich will damit nicht sagen, daß es keine Arbeit machte, denn in den nächsten Monaten hatten wir alle Hände voll zu tun. Zum Beispiel den einzigen männlichen Darsteller ausfindig zu machen, der wie Alexander selbst aussah. Er erwies sich als junger Armenier, der alle Hoffnung aufgegeben hatte, je von den Komparsenlisten aufgerufen zu werden, und nach Santee zurückgekehrt war — und dann mußten wir die übrigen Schauspieler aussuchen und mit ihnen proben und die Maskenbildner verfluchen und die Leute, die die Kulissen aufbauten — nein, Langeweile hatten wir nie. Selbst Ruth, die ihren Vater mit Briefen besänftigt hatte, verdiente sich jetzt ihr Gehalt. Wir wechselten uns ab, ihr zu diktieren, bis wir schließlich ein Drehbuch hatten, das Mike und mich und den jungen Marrs befriedigte, der sich, wenn es um Dialoge ging, als ein wahres Genie erwies.

Was ich wirklich meine, ist, daß es leicht und ungemein befriedigend war, den Panzer der zähen Profis zu knacken, die schon so viele Leinwand-Epen und ebenso viele Flops kommen und gehen gesehen hatten. Das, was wir gemacht hatten, beeindruckte sie wirklich. Kessler war sehr enttäuscht, als wir es schlichtweg ablehnten, den Rest des Films zu fotografieren. Wir verdrehten einfach die Augen und sagten, wir hätten zuviel zu tun, wir seien voll und ganz davon überzeugt, daß er es genauso gut wie wir machen würde. Er übertraf sich und uns. Ich weiß nicht, was wir gemacht hätten, wenn er uns um konkrete Ratschläge gebeten hätte. Wenn ich jetzt so darüber nachdenke, lag es wahrscheinlich daran, daß die Leute, mit denen wir zu tun hatten, es einfach müde waren, mit den üblichen müden, zweitrangigen Profis zu tun zu haben, daß es für sie einfach eine angenehme Abwechslung bedeutete, einmal jemanden zu sehen, der den Unterschied zwischen Glyzerintränen und der Wirklichkeit kannte und dem es nichts ausmachte, wenn er dafür zusätzliche zwei Dollar berappen mußte. Für die waren wir einfach zwei Großstadttypen, die ihr Handwerk verstanden und über das nötige Kleingeld verfügten. Hoffe ich wenigstens.

Schließlich hatten wir es geschafft. Wir saßen alle im Vorführraum; Mike und ich, Marrs und Johnson, Kessler und Bernstein, und all die Techniker der unteren Ränge, die sich den wirklich enormen Haufen Arbeit geteilt hatten, und alle betrachteten das fertige Produkt. Es war großartig. Jeder hatte seine Arbeit gut gemacht. Als Alexander auf der Leinwand erschien, *war* er Alexander der Große. (Der Junge aus Armenien bekam dafür eine hübsche Prämie.) All die satten Farben, all der Reichtum, der Luxus und der Glanz schienen förmlich aus der Leinwand herauszubrennen und einem den Atem zu rauben. Selbst Mike und ich, die das Original gesehen hatten, saßen ganz vorne auf unseren Sitzen.

Der schiere Realismus und die Großartigkeit der Schlachtenszenen machten wirklich einen großen Film daraus, denke ich. Blut ist natürlich nicht fotogen, wenn alles nur Mache ist — und Tomatenketchup — und die Toten am Ende wieder aufstehen und in die Kantine gehen. Aber wenn Bill Mauldin sich einen Film ansieht und dann einen Artikel schreibt, der einem die Luft wegnimmt, und darin erklärt, wie sich Infanteristen aller Zeitalter gleichen — nun, Mauldin weiß, wie es im Krieg zugeht. Und ebenso auch die Infanteristen in der ganzen Welt, die uns Briefe schrieben und Alexanders Arbela mit Anzio und den Argonnen verglichen. Ein müder Bauer, der sich Meile nach Meile über die staubbedeckten Ebenen schleppt und am Ende unter einem Haufen Fliegen als stinkende, nackte, zerfetzte Leiche endet, sieht nicht viel anders aus, ob er nun eine Sarissa oder einen Karabiner trägt. Das war es, was wir zu zeigen versuchten, und es gelang uns auch.

Als die Lichter im Vorführraum wieder angingen, wußten wir, daß wir es schaffen würden. Wir schüttelten uns ringsum die Hände, stolz wie ein Rudel Pinguine und mit herausgereckter Brust. Die restlichen Männer gingen wieder an ihre Arbeit, und wir zogen uns in Johnsons Büro zurück. Er schenkte uns allen Drinks ein und kam dann auf das Geschäft.

»Nun?«

Ich fragte ihn, was er meinte.

»Sie können verlangen, was Sie wollen«, meinte er und zuckte die Achseln. »Ich weiß nicht, ob Sie es schon wissen, aber es hat sich bereits herumgesprochen, daß Sie etwas anzubieten haben.«

Ich sagte ihm, daß wir im Hotel schon verschiedene Anrufe erhalten hätten und nannte die Anrufer beim Namen.

»Sehen Sie? Ich kenn diese Babys doch. Lassen Sie sich nicht mit ihnen ein, wenn Sie nicht Hemd und Hose verlieren wollen. Und weil wir schon davon sprechen, uns schulden Sie auch 'ne Stange. Aber Sie haben's ja wahrscheinlich.«

»Stimmt.«

»Habe ich schon befürchtet. Wenn nicht, dann wäre ich jetzt derjenige, an den Sie Hemd und Hose verlieren.« Er grinste, aber wir wußten, daß ihm bitterernst war. »All right, das wäre erledigt. Jetzt wollen wir über die Verleihfrage sprechen.«

»Es gibt zwei oder drei Gesellschaften in der Stadt, die es versuchen wollen. Meine Boys werden sich jetzt ein wenig herumhören und verbreiten, was hier los ist; hat keinen Sinn, jetzt noch länger den Schweigsamen zu spielen. Ich weiß — die sind schlau genug, nicht über die Dinge zu reden, die Sie für sich behalten wollen. Dafür sorge ich schon. Aber Sie haben jetzt wirklich alle Trümpfe in der Hand. Sie haben Geld, Sie haben den besten Streifen, den ich je gesehen habe, und Sie brauchen nicht das erste Angebot anzunehmen. Das ist bei diesem Spiel wichtig.«

»Hätten Sie selbst Lust, ihn zu übernehmen?«

»Ich würde es gerne versuchen. Der Verein, an den ich gedacht habe, braucht jetzt Spitzenmaterial, und die wissen nicht, daß ich das weiß. Die werden zahlen und zahlen. Was steckt für mich drin?«

»Darüber«, sagte ich, »können wir später sprechen. Und ich glaube, ich weiß ganz genau, was Sie jetzt denken. Wir sind mit den üblichen Konditionen einverstanden, und es ist uns egal, ob Sie die anderen übernehmen. Was wir nicht wissen, tut uns auch nicht weh.« Das war es auch genau, was er gedacht hatte. In dieser Branche sind nur Halsabschneider unterwegs.

»Gut. Kessler, Sie gehen jetzt an die Kopien.«

»Jederzeit.«

»Marrs, Sie fangen mit der Publicity an ... haben Sie da irgendwelche Vorstellungen?« Das galt uns.

Mike und ich hatten darüber schon gesprochen. »Soweit es uns betrifft«, sagte ich langsam, »sollten Sie tun, was Sie für das Richtige halten. Persönliche Publicity, na schön. Wir sind nicht scharf drauf, aber wollen uns auch nicht drücken. Soweit es das angeht, sind wir einfach Boys vom Lande, die es zu etwas gebracht haben. Versuchen Sie Fragen auszuweichen, wo der Film gedreht wurde, ohne dabei zu auffällig zu werden. Sie werden Schwierigkeiten haben, wenn Sie über die nicht existierenden Schauspieler sprechen. Aber da wird Ihnen schon etwas einfallen.«

Marrs stöhnte und Johnson grinste. »Es wird ihm etwas einfallen.«

»Was Hinweise auf die Technik angeht, sollten Sie soviel wie möglich für sich herausholen, denn Sie haben gute Arbeit geleistet.« Kessler faßte das als persönliches Kompliment auf, und das war es auch. »Sie sollten übrigens ruhig wissen, ehe wir weiter machen, daß ein Teil der Arbeit aus Detroit kam.« Dabei gab es allen förmlich einen Riß.

»Mike und ich haben ein neues Verfahren für Modell- und Trickarbeit entwickelt.« Kessler klappte den Mund auf, um etwas zu sagen, ließ es dann aber bleiben. »Wir werden nicht sagen, was gemacht wurde oder wie das im Labor angepackt wurde, aber Sie werden zugeben, daß man nichts merkt.«

Etwa an dem Punkt waren sie alle ganz heiß. »Das kann man wohl sagen, daß man nichts merkt. Jetzt bin ich schon so lange beim Fach und merke nicht . . . Wo . . .«

»Das werde ich Ihnen nicht sagen. Was wir hier haben, ist nicht patentiert und wird auch nicht patentiert werden, solange wir das verhindern können.« Es gab keine Einwände. Diese Männer verstanden ihr Fach, und wenn sie nichts merkten, dann war die Arbeit gut. Sie konnten gut verstehen, weshalb wir ein Verfahren dieser Qualität geheimhalten wollten.

»Wir können Ihnen praktisch garantieren, daß wir später wieder Arbeit für Sie haben.« Ihr Interesse war offenkundig. »Wir werden keine Vorhersage machen, wann das ist, oder feste Vereinbarungen treffen, aber wir haben schon noch ein oder zwei Tricks im Hirn. Die Art und Weise, wie wir zusammengearbeitet haben, hat uns gefallen, und wir möchten, daß es so bleibt. Wenn Sie uns jetzt bitte entschuldigen wollen — wir sind mit einer Blondine verabredet.«

Was die Angebote für den Verleih anging, hatte Johnson recht. Wir — oder besser Johnson — schlossen einen sehr profitablen Vertrag mit United Amusement und angeschlossenen Theatern. Johnson, der Bandit, bekam seine Prozente von uns (und wahrscheinlich von United noch einmal). Kessler und Johnsons Boys setzten riesige Anzeigen in die Fachjournale, um über ihre Verbindungen mit dem Oscar-Gewinner zu prahlen. Nicht nur den Oscar, sondern so ziemlich jeden Preis, der je für einen Film vergeben wurde. Selbst die Europäer waren mit von der Partie. Sie sind ja schließlich diejenigen, die einen Fetisch aus dem Realismus gemacht haben. Sie kannten das Echte, als sie es sahen, und ebenso alle anderen.

Unser Erfolg stieg Ruth zu Kopf. Ehe wir uns versahen, wollte sie selbst eine Sekretärin. Sie brauchte übrigens sogar eine, um all die Verrückten abzuwehren, die plötzlich auftauchten. Also ließen wir sie ein Mädchen einstellen. Sie suchte sich eine gute Maschinenschreiberin aus — etwa fünfzig Jahre alt. Ruth ist ein kluges Mädchen, in vielerlei Hinsicht. Ihr Vater ließ erkennen, daß er zum Pazifik kommen wollte, also gaben wir ihr eine Gehaltserhöhung unter der Bedingung, daß er weg blieb. Wir drei hatten viel zuviel Spaß.

Der Film hatte gleichzeitig in New York und Hollywood Premiere. Wir gingen im großen Stil mit Ruth in der Mitte zur Erstaufführung, aufgeblasen wie drei Ochsenfrösche. Es ist ein herrliches Gefühl, früh am Morgen auf dem Boden zu sitzen und Kritiken zu lesen, bei denen man meint, man schwebt. Und ein noch viel besseres Gefühl ist es, haufenweise Geld zu haben. Johnson und seine Leute waren bei uns. Ich glaube nicht, daß er besonders flüssig war, als alles anfing, und wir alle hatten mächtigen Spaß daran, ganz oben zu schwimmen.

Es war übrigens auch eine ganz hübsche Welle. Wir hatten alle persönliche Publicity, die wir wollten, und noch mehr. Irgendwie hatte es sich herumgesprochen, daß wir ein neues Gerät für Trickfotografie entwickelt hätten, und jedes große Studio in der Stadt war hinter uns her. Die Studios, die keinen großen Film in Arbeit hatten, sahen sich die Kassenberichte von ›Alexander‹ an und setzten sofort einen auf ihr Programm. Wir bekamen ein paar hervorragende Angebote, sagte Johnson, aber wir zogen lange Gesichter und gaben bekannt, daß wir am nächsten Tag nach Detroit abreisen würden, und er solle so lange die Festung halten. Ich glaube nicht, daß er uns glaubte, aber wir reisten tatsächlich ab. Am nächsten Tag.

Als wir wieder in Detroit waren, machten wir uns sofort an die Arbeit, wobei uns natürlich das Wissen zustatten kam, daß wir auf dem richtigen Wege waren. Ruth wurde damit beschäftigt, die zahllosen Besucher abzuwimmeln. Wir ließen keine Reporter und keine Vertreter ein, niemanden. Wir hatten keine Zeit. Diesmal benutzten wir die Plattenkamera. Eine Platte nach der anderen schickten wir zum Entwickeln nach Rochester. Wir erhielten von jeder einen Abdruck, die Originalplatte blieb in Rochester und stand uns dort zur Verfügung. Wir ließen aus New York den Vertreter eines der größten Verlage im ganzen Land kommen. Wir schlossen mit ihm einen Vertrag.

Die Bücher, die wir veröffentlichten, stehen in Ihrer Bibliothek, falls es Sie interessiert. Mächtige, schwere Bände, Hunderte davon, und jede Seite eine gestochen scharfe Vergrößerung eines Negativs von 18 × 24 cm. Jede größere Bibliothek und jede Universität auf der Welt erhielt einen Satz dieser Bücher. Mike und ich bereitete es große Genugtuung, einige der Probleme zu klären, an denen die Gelehrten seit Jahren herumgerätselt hatten. In dem Band, der sich mit Rom befaßt, lösten wir zum Beispiel das Triremen-Problem mit einer Folge von Bildern. Wir zeigten nicht nur das Innere einer Trireme, sondern auch eine Kriegs-Quinquereme. (Natürlich waren die Professoren und Amateur-Schiffskundigen keineswegs überzeugt.) Wir ließen eine Reihe von Luftaufnahmen der Stadt Rom herstellen, im Abstand von hundert Jahren über tausend Jahre verteilt. Luftaufnahmen von Ravenna und Londinium, Palmyra und Pompeij, von Eboracum und Byzanz. Oh, das machte Spaß. Wir hatten einen Band über Griechenland und einen über Rom, über Persien und Kreta, über Ägypten und das Zarenreich. Wir hatten Bilder des Parthenons und des Pharos', Bilder von Hannibal und Caractacus und Vercingetorix, Bilder der Mauern von Babylon und vom Bau der Pyramiden und des Palastes von Sargon, Seiten aus den verschollenen Büchern von Livius und den Dramen des Euripides. Solche Sachen.

Schrecklich teuer, die zweite Auflage verkauften wir zu Gestehungskosten an eine überraschend große Zahl von Privatbürgern. Wenn die Kosten geringer gewesen wären, wäre Interesse für Geschichte noch mehr in Mode gekommen.

Als die Aufregung sich schließlich gelegt hatte, stieß ein Italiener, der im bisher wenig erforschten Teil des unter Asche begrabenen Pompeij buddelte, auf einen winzigen vergrabenen Tempel genau an der Stelle, wo ihn unsere Luftaufnahme gezeigt hatte. Sein Etat wurde erhöht, und er fand weitere aschebedeckte Ruinen, die mit unserer Luftaufnahme übereinstimmten, Ruinen, die seit fast zweitausend Jahren das Licht des Tages nicht gesehen hatten. Alle erhoben sofort ein großes Geschrei, daß wir wirklich Glück gehabt hätten; der Leiter irgendeines Kults in Kalifornien argwöhnte laut, daß wir die Reinkarnationen zweier Gladiatoren namens Joe wären.

Um etwas Frieden und Ruhe zu bekommen, zogen Mike und ich in unser Studio und machten hinter uns dicht. Auf unsere Bitte hin war der alte Banksafe nie entfernt worden, und er eignete sich auch gut dazu, unsere Geräte aufzubewahren, wenn wir nicht im Hause waren. Sämtliche Post, mit der Ruth nicht allein zurecht kam, erledigten wir, ohne sie zu lesen; das alte Bankgebäude begann wie eine beliebte Suppenküche auszusehen. Wir stellten vierschrötige Privatdetektive an, um die unangenehmeren Besucher abzuhalten, und abonnierten einen telegrafischen Schutzdienst. Wir hatten wieder Arbeit — einen weiteren abendfüllenden Film.

Wir blieben den historischen Themen treu. Diesmal versuchten wir das zu tun, was Gibbon mit *Abstieg und Fall des Römischen Reiches* getan hatte. Ich glaube, wir hatten ziemlich großen Erfolg. In vier Stunden kann man zwar nicht zweitausend Jahre völlig abdecken, aber man kann, so wie wir das taten, zeigen, wie eine große Zivilisation zerbröckelt und auch wie schmerzhaft dieser Vorgang sein kann. Die Kritik, die uns zuteil wurde, weil wir Christus und das Christentum fast völlig ignorierten, war, meinen wir, ungerecht und unfair. Sehr wenige wußten damals oder wissen heute, daß wir als eine Art Versuchsballon einige Stellen eingeblendet hatten, die Christus selbst und seine Zeit zeigten. Diese Stellen mußten wir schneiden. Wie Sie wissen, ist der Prüfungsausschuß paritätisch aus Katholiken und Protestanten zusammengesetzt. Er — der Ausschuß — ging auf die Barrikaden. Wir protestierten nicht sehr, als sie meinten, unser ›Treatment‹ sei unehrerbietig, unanständig, mit Vorurteilen behaftet und ›nach jeglichem christlichen Standard‹ ungenau. ›Er sieht Ihm ja nicht einmal ähnlich‹, jammerten sie, und damit hatten sie recht; es war auch so. Kein Bild, das *sie* je zu sehen bekamen. An diesem Punkt entschieden wir, daß es sich nicht lohnte, sich mit den religiösen Anschauungen von irgend jemandem anzulegen. Deshalb haben Sie auch nie etwas von uns Kommendes gesehen, das auch nur im entferntesten Maße mit den akzeptierten historischen, soziologischen oder religiösen Zügen von ›jemandem, der es besser wußte‹, in Konflikt geriet. Dieser römische Film übrigens wich — keineswegs zufällig — so wenig von den Schulbüchern ab, mit denen Sie in der Schule zu tun hatten, daß nur ein paar begeisterte Spezialisten unsere Aufmerksamkeit auf Dinge lenkten, die sie für Fehler hielten. Wir waren immer noch nicht in der Lage, die Geschichte in größerem Maße umzuschreiben, weil wir außerstande waren, bekanntzugeben, woher unsere Informationen stammten.

Als Johnson das römische Spektakel sah, schlug er im Geiste die Hacken zusammen. Seine Männer gingen sofort an die Arbeit und machten ihre Sache wieder ebenso gut wie beim erstenmal. Eines Tages zog Kessler mich todernst in eine Ecke.

»Ed«, sagte er, »ich werde noch herausfinden, wo Sie diesen Streifen geschossen haben, und wenn es das letzte ist, was ich auf dieser Welt tue.«

Ich sagte ihm, daß er es eines Tages erfahren würde.

»Und ich meine auch nicht eines Tages«, fuhr er grimmig fort, »ich meine jetzt. Was Sie da von wegen Europa sagen, geht einmal, aber nicht zweimal. Ich weiß es besser. Und alle anderen wissen es auch. Also, heraus mit der Sprache!«

Ich sagte ihm, ich müsse das erst mit Mike besprechen, und das tat ich auch. Jetzt war es so weit. Wir beriefen eine Konferenz ein.

»Kessler sagt mir, daß er Schwierigkeiten hat. Ich glaube, Sie wissen alle, worin diese Schwierigkeiten bestehen.« Das taten sie.

Johnson meldete sich zu Wort. »Er hat auch recht. Wir wissen, daß die Filme nicht aus Europa stammen. Wo haben Sie sie her?«

Ich wandte mich zu Mike. »Willst du reden?«

Ein Kopfschütteln. »Du machst das gut.«

»Also gut.« Kessler beugte sich nach vorne, und Marrs zündete sich eine frische Zigarette an. »Wir haben nicht gelogen und auch nicht übertrieben, als wir sagten, die Fotografie stamme von uns. Jeder Zentimeter Film ist hier in diesem Land aufgenommen, und zwar in den letzten paar Monaten. Wie — auf das Warum oder das Wo will ich nicht eingehen —, können wir Ihnen jetzt nicht sagen.« Kessler schnaubte verärgert. »Lassen Sie mich ausreden!

Wir alle wissen, daß wir Kasse machen, mächtig Kasse. Und wir werden noch mehr verdienen. Wir haben auf unserem Plan weitere fünf Filme stehen. Bei dreien von diesen fünf möchten wir, daß Sie sie genauso bearbeiten wie die anderen. Die letzten zwei von den fünf werden Ihnen zeigen, weshalb diese kindische Geheimnistuerei, wie Kessler sie nennt, notwendig war. Und noch ein weiteres Motiv, das wir bisher verborgen gehalten haben. Die letzten zwei Filme werden Ihnen unsere Motive und unsere Methoden offenbaren; das eine ist so wichtig wie das andere. So — genügt das? Können wir auf der Basis weiterarbeiten?«

Kessler genügte es nicht. »Mir sagt das überhaupt nichts. Was sind wir denn, ein paar Clowns?«

Johnson dachte an sein Bankkonto. »Noch fünf? Zwei Jahre, vielleicht vier.«

Marrs war skeptisch. »Glauben Sie, Sie können denen so lange etwas vormachen? Wo ist Ihr Studio? Wo sind Ihre Schauspieler? Wo machen Sie Ihre Außenaufnahmen? Woher bekommen Sie Ihre Kostüme? Sie haben in einem der Takes vierzigtausend Komparsen aufgeboten! *Mich* können Sie vielleicht zum Schweigen bringen, aber wer wird denn die Fragen beantworten, die Metro und Fox und Paramount und RKO die ganze Zeit schon stellen? Diese Boys sind nicht dumm, die verstehen ihr Geschäft. Wie soll ich denn Publicity machen, wenn ich selbst nicht weiß, was gespielt wird?«

Johnson sagte ihm, er solle eine Weile den Mund halten und ihn nachdenken lassen. Mike und mir gefiel das gar nicht. Aber was sollten wir denn machen — die Wahrheit sagen und uns in eine Zwangsjacke stecken lassen?

»Können wir es so machen?« fragte er schließlich. »Marrs: Diese Boys stecken mit der Sowjetregierung unter der Decke. Sie arbeiten dort, vielleicht irgendwo in Sibirien. Das Gebiet ist meilenweit abgeriegelt. Niemand weiß, was die Russen . . .«

»Nee!« Das kam ganz entschieden von Marrs. »Die geringste

Andeutung, daß diese Streifen von Rußland kommen, und wir sind alle Rote. Der Umsatz würde auf die Hälfte schrumpfen.«

Johnson begann auf Touren zu kommen. »All right, dann nicht aus Rußland. Aus einer dieser kleinen Republiken am Rande von Sibirien oder Armenien oder so etwas. Es sind gar keine russischen Filme. Tatsächlich sind sie von irgendwelchen Deutschen oder Österreichern gemacht, die die Russen nach dem Krieg mitgenommen haben. Das Kriegsfieber hat sich jetzt genügend abgekühlt, daß die Leute wieder erkennen, wie die Deutschen gelegentlich ihr Handwerk beherrschten. Da kommt dann gleich Sympathie für diese Flüchtlinge auf, die sich mit fehlerhaften Geräten und einem lausigen Klima herumschlagen müssen und Superspektakel machen und sie unter den Nasen der Gestapo oder wie immer die das nennen herausschmuggeln — so machen wir es!«

Zweifelnd von Marrs: »Und die Russen erklären der ganzen Welt, daß wir verrückt sind, daß sie keine Deutschen haben?«

Doch das wollte Johnson nicht gelten lassen. »Wer liest denn schon die letzten Seiten? Wer achtet auf das, was die Russen sagen? Wen interessiert das? Vielleicht glauben sie sogar, daß wir die Wahrheit sagen und fangen an, in ihren eigenen Hinterhöfen nach etwas herumzusuchen, das gar nicht da ist! Seid ihr einverstanden?« Damit meinte er Mike und mich.

Ich sah Mike an, und er mich.

»Wir sind einverstanden.«

»Ihr anderen auch? Kessler? Bernstein?«

Begeistert waren sie nicht, und ganz gewiß nicht glücklich, aber sie erklärten sich einverstanden mitzuspielen, bis wir Bescheid sagten.

Unser Dank klang warm. »Sie werden es nicht bereuen.«

Kessler hatte daran starke Zweifel, aber Johnson drängte sie alle hinaus an die Arbeit. Wieder eine Hürde übersprungen — oder besser: umgangen.

›Rom‹ wurde planmäßig in den Verleih genommen und erhielt dieselben freundlichen Kritiken. ›Freundlich‹ ist nicht das richtige Wort für Kritiken, die zu Papierschlangen führten, die die Länge von Häuserblocks erreichten. Marrs machte seine Sache mit der Publicity hervorragend. Selbst die Zeitungskette, die sich nachher so wütend gegen uns wandte, fiel auf Marrs' Zauberei mit Worten herein und füllte ganze Seiten mit redaktionellen Texten, in denen die Leser aufgefordert wurden, sich ›Rom‹ anzusehen.

Mit unserem dritten Film ›Flammen über Frankreich‹ korrigierten wir ein paar Irrtümer bezüglich der Französischen Revolution und traten dabei auf ein paar empfindliche Zehen. Zum Glück war um die Zeit zufälligerweise in Paris eine liberale Regierung an der Macht. Sie unterstützten uns nach Kräften und lieferten uns die benötigte Bestätigung. Auf unsere Bitte hin veröffentlichten sie eine Anzahl Dokumente, die bislang in den abgrundtiefen Verliesen der Bibliothèque Nationale vergraben gelegen hatten. Den Namen des ewigen Prätendenten auf den französischen Thron habe ich vergessen. Auf, wie ich sicher annehme, leichten Anstoß seitens eines von Marrs allgegenwärtigen Publicity-Läutens erhob der Prätendent Anklage gegen uns, verlangte unsere gesamte Nettoeinnahme als Schadensersatz und behauptete, wir würden den guten Namen der Bourbonen in den Schmutz ziehen. Ein Anwalt, den Johnson für uns ausfindig machte, schaffte es, den armen Teufel vor Gericht zu ziehen, wo er ihn in Stücke riß. Nicht einmal zehn Cents Schadensersatz bekam er. Samuels, der Anwalt, und Marrs bezogen eine saftige Prämie, und der Prätendent zog sich nach Honduras zurück.

Etwa an diesem Punkt, so glaube ich, begann der Ton der Presse sich zu wandeln. Bis zur Stunde hatte man uns als eine Art Kreuzung zwischen Shakespeare und Barnum betrachtet. Seit ein paar lang als obskur geltende Fakten ans Licht gezerrt worden waren, begannen sich ein paar weltbekannte Pessimisten *sotto voce* zu fragen, ob wir nicht bloß ein paar lästige Typen wären. »Die sollten die Finger davon lassen.« Nur unser geradezu gigantisches Werbebudget hielt sie davon ab, mehr zu sagen.

An dieser Stelle werde ich mich unterbrechen und etwas über unser persönliches Leben sagen, während sich all diese Dinge entwickelten. Mike habe ich ziemlich im Hintergrund gehalten, hauptsächlich, weil er es so möchte. Er überläßt es mir, die Verhandlungen zu führen und den Kopf hinzuhalten, während er es sich in dem bequemsten Sessel, den es weit und breit gibt, bequem macht. Ich schimpfe und argumentiere, und er sitzt einfach da; nur ganz selten kommt ein Wort aus seinem ewig grinsenden dunkelbraunen Gesicht und niemals auch nur eine Andeutung darauf, daß sich hinter jenen höflichen Augenbrauen ein Gehirn verbirgt — und Humor und Witz — schnell und so tödlich wie eine Bärenfalle. Oh, ich weiß, daß wir unsere Spielchen getrieben haben, manchmal sogar ziemlich laute ausgelassene Spielchen. Aber gewöhnlich waren wir viel zu beschäftigt mit dem, was wir taten, um irgendwo Zeit zu vergeuden. Ruth war, so lange sie bei uns war, eine gute Partnerin zum Tanzen und Trinken. Sie war jung, sie war beinahe das, was man schön nennen konnte, und es schien ihr Freude zu machen, mit uns beisammen zu sein. Eine Weile hatte ich da so ein paar Ideen, die sie betrafen, die sich vielleicht in etwas Ernsthaftes hätten entwickeln können. Wir beide — ich sollte vielleicht sagen, wir alle drei — fanden zur rechten Zeit heraus, daß wir eine ganze Menge Dinge völlig unterschiedlich betrachteten. Also waren wir nicht sonderlich enttäuscht, als sie einen Vertrag mit Metro unterschrieb. Dieser Vertrag bedeutete für sie all den Ruhm, das Geld und das Glück der ganzen Welt und dazu all die persönliche Aufmerksamkeit, auf die sie ohne Zweifel ein Recht hatte.

Die haben sie in B-Filme und -Serien gesteckt, und so stellt sie sich finanziell besser, als sie das erwarten durfte. Emotionell — nun ich weiß nicht. Wir haben vor einer Weile von ihr gehört, und ich glaube, sie bereitet sich gerade wieder einmal auf eine Scheidung vor. Ist vielleicht ganz gut so.

Aber wir wollen hier ja nicht von Ruth sprechen. Ich schäme mich. Die ganze Zeit, die Mike und ich zusammenarbeiteten, haben wir die Schlußabrechnung völlig unterschiedlich betrachtet. Mike war von der Idee angetan, eine bessere Welt zu schaffen und damit den Krieg unmöglich zu machen. »Krieg«, sagte er oft, »Krieg jeder Art ist es, was die Menschen dazu veranlaßt hat, den größten Teil ihrer Geschichte hauptsächlich damit zu verbringen, am Leben zu bleiben. Und seit es jetzt eine Atombombe gibt, hat der Mensch den Samen der Selbstvernichtung in der Hand. Ed, so wahr mir Gott helfe, ich werde das meinige dazu tun, damit dieser Unfug aufhört, sonst lohnt sich das Leben für mich nicht mehr. Wirklich, das ist mein Ernst!«

Das war auch sein Ernst. Er sagte es mir in fast genau denselben Worten, damals am ersten Tag, an dem wir uns begegneten. Damals tat ich die Idee als eine Vorstellung ab, die seinem leeren Magen entwuchs. Ich sah seine Maschine nur als den Schlüssel zu einem von Luxus erfüllten persönlichen Nirwana und dachte, daß er bald denselben Weg wie ich gehen würde. Ich hatte unrecht.

Man kann nicht mit einer sympathischen Person leben oder zusammenarbeiten, ohne einige der Qualitäten zu bewundern, die jene Person sympathisch machen. Und dann noch etwas: es ist viel leichter, sich über die Sorgen und Probleme der Welt den Kopf zu zerbrechen, wenn man selbst keine hat. Es ist viel leichter, ein Gewissen zu haben, wenn man es sich leisten kann. Als ich die rosafarbene Brille aufsetzte, war meine Schlacht zur Hälfte gewonnen; als ich erkannte, was für eine großartige Welt das sein *könnte,* war die Schlacht vorüber. Das war wohl etwa um die Zeit von ›Flammen über Frankreich‹, denke ich. Der Zeitpunkt ist eigentlich gar nicht wichtig. Wichtig ist, daß wir von dem Punkt an ein verschworenes Team wurden. Seit damals bestand unsere einzige Meinungsverschiedenheit darin, wann wir Pause machen sollten, um ein Sandwich zu essen. Den größten Teil unserer Freizeit — nicht, daß wir davon viel gehabt hätten — verbrachten wir damit, abends abzusperren, die Bar herauszurollen und genügend Bierflaschen zu öffnen, um uns wohl zu fühlen und uns zu entspannen. Vielleicht drehten wir dann noch später, nach eins oder zwei vielleicht, an den Skalen der Maschine herum und wanderten durch die Zeiten.

Wir hatten zusammen alles gesehen und waren überall gewesen. Manchmal war die Nacht vielleicht gerade dafür gemacht, François Villon, dem alten Halunken, nachzuspüren oder wir hatten Lust dazu, mit Harun-al-Raschid durch die Basare zu schlendern. (Wenn es je einen Menschen gegeben hat, der ein paar hundert Jahre zu früh auf die Welt gekommen war, dann war es dieser unvorsichtige Kalif.) Oder wir verfolgten, wenn wir schlechter Stimmung waren, eine Zeitlang den Dreißigjährigen Krieg. Und wenn wir uns wirklich wie Tunichtgute fühlten, inspizierten wir die Garderoben von Radio City. Für Mike war der Untergang von Atlantis immer etwas seltsam Faszinierendes gewesen. Vielleicht, weil er Angst hatte, daß die Menschheit so etwas wieder fertigbringen könnte, jetzt, da sie die Kernenergie wiederentdeckt hat. Und wenn ich einmal einschlummere, dann ist ihm durchaus zuzutrauen, daß er bis an den Anfang aller Dinge zurückgeht, zurück bis zum Beginn der Welt, so wie wir sie heute kennen. (Es hätte wenig Sinn, Ihnen zu sagen, was vorher geschah.)

Wenn ich jetzt darüber nachdenke, ist es wahrscheinlich ganz gut, daß keiner von uns je geheiratet hat. Wir hoffen in dem Punkt natürlich auf die Zukunft, aber im Augenblick sind wir der ganzen menschlichen Rasse müde; müde der habgierigen Gesichter und Hände. In einer Welt, die Raffgier, Macht und Gewalt belohnt, ist es kein Wunder, daß das wenige Anständige, das es gibt, aus der Furcht vor der Gegenwart oder der Furcht vor der Zukunft erwächst. Wir haben so viele der verborgenen Aktivitäten der Welt gesehen — Sie können das ruhig schnüffeln nennen, wenn Sie Lust haben —, daß wir gelernt haben, oberflächlichen Andeutungen von Freundlichkeit und Güte zu mißtrauen. Nur ein einziges Mal sahen Mike und ich je in das Privatleben von jemandem hinein, den wir kannten, mochten und respektierten. Einmal genügte. Von jenem Tage an machten wir es uns zur Regel, die Leute so zu nehmen, wie sie schienen. Aber lassen wir das.

Die nächsten beiden Filme brachten wir schnell hintereinander auf den Markt; der erste hieß ›Freiheit für Amerika‹ und befaßte sich mit dem amerikanischen Unabhängigkeitskrieg. Der zweite hieß ›Die Brüder und die Kanonen‹ und schilderte den Amerikanischen Bürgerkrieg. Peng! Jeder dritte Politiker, eine Menge sogenannter ›Erzieher‹ und sämtliche berufsmäßigen Patrioten machten Jagd auf unseren Skalp. Jedes einzelne Kapitel der Töchter der amerikanischen Revolution, der Söhne der Union und der Töchter der Konföderation rannte mit dem Kopf gegen die Wand. Der Süden wurde wild; jeder Staat im tiefen Süden und ein Staat an der Grenze verbot einfach beide Filme, den zweiten, weil er wahrheitsgemäß war, und den ersten, weil Zensur eine ansteckende Krankheit ist. Sie blieben verboten, bis die berufsmäßigen Politiker schlau wurden. Die Verbote wurden widerrufen, und die Leute mit den engen Krägen und den Schnurkrawatten deuteten mit den Fingern auf beide Filme als schreckliche Beispiele dessen, was manche Leute tatsächlich glaubten und dachten, und alle waren es zufrieden, daß jemand ihnen eine Gelegenheit geboten hatte, auf die Trommeln zu schlagen, aus denen der Rassenhaß hallt.

Neu-England war schwer versucht, auf seiner Würde zu beharren, konnte aber die Anspannung nicht ertragen. Nördlich von New York wurden beide Filme verboten. Im Staate New York stimmten die Vertreter der Landgemeinden en bloc ab, und es kam zu einem Verbot, das den ganzen Staat umfaßte. Sonderzüge fuhren nach Delaware, wo die Behörden viel zu beschäftigt waren, um ein weiteres Gesetz zu erlassen. Verleumdungsanklagen flogen wie Konfetti durch die Luft, und wenn auch die Extrablätter bei jeder neuen Anklage schrill aufschrien, wußten sehr wenige, daß wir kein einzigesmal verloren. Obwohl wir fast bei jedem Prozeß in Revision gehen mußten und in manchen Fällen sogar Einspruch gegen die Anklageschrift erheben mußten, was nur selten zum Erfolg führte, entlasteten uns die dokumentarischen Beweise, sobald wir einmal an einen Richter oder an eine Reihe von Richtern kamen, die keine Eigeninteressen zu wahren hatten.

Das Ganze war ohne Zweifel ein schwerer Schlag für den Ahnenstolz. Wir hatten gezeigt, daß nicht all die Mächtigen einen Heiligenschein aus schierem Gold trugen, daß nicht alle Rotröcke aufgeblasen herumstolzierten — aber auch keine Engel waren, worauf das Britische Empire mit Ausnahme Südafrikas beiden Filmen die Einfuhrbewilligung versagte und dem State Departement ein paar gepfefferte Beschwerdebriefe schickte. Das Schauspiel, das ein paar Kongreßleute aus dem Süden und New England boten, indem sie die Anstrengungen eines ausländischen Gesandten unterstützten, die freie Rede zu unterdrükken, löste in gewissen Kreisen ein vergnügtes Geschrei aus. H. L. Mencken hockte in seiner Ecke und feixte, und die Zeitungen standen inmitten eines Dilemmas und wußten nicht, was sie anfangen sollten. In Detroit zündete der Ku-Klux-Klan ein etwas armseliges Kreuz auf unserer Türschwelle an, und die freundlichen Söhne von St. Patrick, die NAACP, und die WCTU erließen schmeichelhafte Resolutionen. Wir leiteten die bösartigsten und obszönsten Briefe — im Verein mit ein paar Namen und Adressen, die ursprünglich nicht registriert worden waren — an unsere Anwälte und die Postbehörde. Südlich von Illinois kam es nicht zu Verurteilungen.

Johnson und seine Boys machten Heu. Johnson hatte sich inzwischen mit einer internationalen Verteilerorganisation eingelassen und veranlaßte Marrs dazu, sämtliche Spitzenpresseagenten zu beiden Seiten der Rockies einzustellen. Mann, die leisteten vielleicht Arbeit! Binnen ganz kurzer Zeit gab es zwei ausgeprägte Denkschulen, die in die öffentlichen Briefkästen überschwappten. Die eine Schule war der Ansicht, daß wir nicht das Recht hatten, alten Schmutz aufzugraben und damit zu werfen, daß solche Dinge am besten vergeben und vergessen blieben, daß nie etwas Unrechtes geschehen war, und daß wir, wenn dem doch so war, ohnehin Lügner wären. Die andere Schule argumentierte mehr nach unserem Herzen. Zuerst weich und langsam und dann mit einem triumphierenden Ausruf, begann sich dieses Faktum herauszuschälen: solche Dinge hatten sich tatsächlich ereignet und konnten sich wieder ereignen, ereigneten sich vielleicht sogar in diesem Augenblick; hatten sich ereignet, weil die verdrehte Wahrheit zu lange die internationalen, regionalen und rassischen Gefühle beeinflußt hatte. Es bereitete uns Vergnügen, zu sehen, daß allmählich einige Leute mit uns einer Meinung waren, darin nämlich, daß es wichtig wäre, die Vergangenheit zu vergessen, aber noch wichtiger, sie mit großzügigen und offenen Augen zu verstehen und zu bewerten. Das war es, was wir hatten herauslocken wollen.

Die Verbote in den verschiedenen Staaten hatten die Bareinnahmen etwas beeinträchtigt, und wir sahen uns in Johnsons Augen rehabilitiert. Er hatte unkenhaft prophezeit, daß wenigstens die Hälfte der nationalen Einkommen verloren gehen würde, weil ›man nicht in einem Film die Wahrheit sagen und damit durchkommen kann. Nicht wenn mehr als dreihundert Leute im Saal sitzen.‹ Nicht einmal auf der Bühne? ›Wer geht schon irgendwo anders hin als ins Kino?‹

Bis jetzt hatten die Dinge sich ganz so entwickelt, wie wir das geplant hatten. Wir hatten mehr verdient und mehr Publicity bekommen, günstige und weniger günstige, als sonst irgendein lebender Mensch. Der größte Teil entstammte der Tatsache, daß das, was wir hier getan hatten, sich für Nachrichtenzwecke eignete. Ein Teil davon war natürlich die üblichen Weltwundergeschichten, die ein durstiges Blatt immer wieder füllten. Wir mußten sehr sorgfältig sein, uns in den Schichten, die es sich leisten können, sich zu wehren, keine Feinde zu schaffen. Erinnern Sie sich an den alten Spruch, daß man einen Menschen am besten daran erkennt, was er sich für Feinde macht? Nun, Publicity war unser Baby. Und so packten wir es an.

Ich rief Johnson in Hollywood an. Er freute sich, von uns zu hören. »Lange nicht mehr gesehen. Was gibt's Neues, Ed?«

»Ich brauche ein paar Lippenleser. Und zwar brauche ich sie gestern, wie Sie immer zu Ihren Boys sagen.«

»Lippenleser? Sind Sie verrückt? Was wollen Sie mit Lippenlesern?«

»Das tut nichts zur Sache. Ich will Lippenleser. Können Sie sie beschaffen?«

»Woher soll ich das denn wissen? Wozu brauchen Sie sie denn?«

»Ob Sie sie beschaffen können, habe ich gefragt.«

Er zweifelte offenbar an meinem Verstand. »Ich glaube, Sie haben zu schwer gearbeitet.«

»Hören Sie . . .«

»Moment mal, ich habe nicht gesagt, daß es nicht geht. Beruhigen Sie sich! Wann wollen Sie sie haben? Und wie viele?«

»Schreiben Sie sich das, was jetzt kommt, besser auf. Fertig? Ich brauche Lippenleser für folgende Sprachen— Englisch, Französisch, Deutsch, Russisch, Chinesisch, Japanisch, Griechisch, Belgisch, Holländisch und Spanisch.«

»Ed Lefko, sind Sie verrückt geworden?«

Wahrscheinlich klang es wirklich ziemlich unvernünftig. »Vielleicht. Aber diese Sprachen sind wichtig. Wenn Sie auf welche stoßen, die auch noch in anderen Sprachen arbeiten, dann halten Sie sie fest. Vielleicht brauche ich die auch.« Ich konnte ihn förmlich vor seinem Telefon sitzen und mit dem Kopf wakkeln sehen. Verrückt. Lefko mußte einen Sonnenstich haben, der gute alte Ed. »Haben Sie gehört, was ich gesagt habe?«

»Ja, ich habe gehört. Wenn Sie mich auf den Arm . . .«

»Nein, ich nehme Sie nicht auf den Arm. Mir ist das todernst.«

Jetzt wurde er wild. »Woher, glauben Sie denn, soll ich denn plötzlich Lippenleser herkriegen? Soll ich sie aus meinem Hut zaubern?«

»Das ist Ihr Problem. Ich würde vorschlagen, daß Sie zunächst einmal mit einer Taubstummenanstalt anfangen.« Er schwieg. »Und jetzt hören Sie mir gut zu! Ich nehme Sie nicht auf den Arm, mir ist das ganz ernst. Mir ist egal, was Sie machen oder wo Sie hingehen oder was Sie ausgeben — ich möchte, daß die Lippenleser in Hollywood bereitstehen, wenn wir hinkommen. Oder zumindest, daß sie unterwegs sind.«

»Wann kommen Sie denn?«

Ich sagte, das wüßte ich nicht genau. »Wahrscheinlich in ein, zwei Tagen. Es gibt da noch ein paar Kleinigkeiten, die wir erst noch erledigen müssen.«

Er fluchte gotteslästerlich über die Ungerechtigkeiten des Schicksals. »Am besten haben Sie eine gute Geschichte parat, wenn Sie . . .« Ich legte auf.

Mike begegnete mir im Studio. »Hast du mit Johnson gesprochen?« Ich sagte, das hätte ich getan, und er lachte. »Klingt schon verrückt, denke ich. Aber er wird sie herschaffen, wenn es sie gibt und sie Geld mögen. Johnson schafft alles.«

Ich warf meinen Hut in eine Ecke. »Ich bin froh, daß wir das jetzt bald hinter uns haben. Wie steht's bei dir?«

»Alles bereit. Die Filme und die Notizen sind unterwegs, die Immobiliengesellschaft ist bereit, in den Vertrag einzutreten, und die Mädchen sind bis zum heutigen Tage bezahlt, mit einer kleinen Prämie drauf.«

Ich machte mir eine Flasche Bier auf. Mike hatte schon eine. »Wie steht es mit den Akten im Büro? Und der Bar hier?«

»Die Akten kommen in die Bank und werden dort aufbewahrt. Die Bar? Daran hatte ich gar nicht gedacht.«

Das Bier war kalt. »Laß sie einpacken und Johnson schicken.

Wir grinsten, es war ansteckend. »Genau, Johnson. Der wird sie brauchen.«

Ich nickte zu der Maschine hinüber. »Und was ist damit?«

»Die reist mit uns als Expreßgut, im selben Flugzeug.« Er musterte mich scharf. »Was ist denn mit dir los — nervös?«

»Nee, durchgedreht. Ist dasselbe.«

»Ich auch. Deine und meine Kleider sind schon heute morgen abgeschickt worden.«

»Nicht mal mehr ein sauberes Hemd übrig?«

»Nicht mal mehr ein sauberes Hemd. Genau wie . . .«

Ich beendete den Satz an seiner Stelle: ». . . die erste Reise mit Ruth. Ein wenig anders vielleicht.«

Mike nickte und sagte dann langsam: »Ganz anders.« Ich öffnete die nächste Flasche Bier. »Ist hier noch irgend etwas zu tun?« Das verneinte ich. »Okay, dann bringen wir es hinter uns. Wir legen alles, was wir brauchen, in den Wagen. Und bevor wir zum Flughafen kommen, kehren wir noch kurz in der Courville-Bar ein.«

Das begriff ich nicht. »Es ist doch noch Bier da . . .«

»Aber kein Champagner.«

Jetzt begriff ich. »Okay, manchmal bin ich ein wenig blöd. Fahren wir!«

Wir luden die Maschine in den Wagen und dann die Bar, und ließen die Studioschlüssel in dem Lebensmittelladen an der Ecke, damit die Immobiliengesellschaft sie abholen konnte, und fuhren dann über die Courville-Bar zum Flughafen. Ruth war in Kalifornien, aber Joe trank Champagner. Wir kamen ziemlich spät zum Flughafen.

Marrs holte uns in Los Angeles ab. »Was ist denn los? Johnson rennt wie ein Verrückter im Kreise herum.«

»Hat er Ihnen gesagt, warum?«

»Er muß verrückt sein. Drinnen sind ein paar Reporter. Haben Sie etwas für die?«

»Jetzt nicht. Fahren wir.«

In Johnsons Büro wurde uns ein kühler Empfang bereitet. »Jetzt hoffe ich nur, daß Sie etwas Gutes haben. Wo, glauben Sie wohl, findet man jemanden, der das Chinesische Lippenlesen kann? Oder Russisch, was das betrifft?«

Wir setzten uns alle. »Was haben Sie denn bis jetzt?«

»Außer Kopfschmerzen?« Er reichte mir eine kurze Liste.

Ich überflog sie. »Wie schnell können Sie sie hier haben?«

Eine Explosion. »Wie lange ich brauche, bis ich sie hier haben kann? Bin ich denn Ihr Lakai?«

»Praktisch betrachtet, ja. Jetzt hören Sie auf mit den Witzen. Wie steht es?« Marrs grinste, als er Johnsons Blick sah.

»Was feixen Sie denn so, Sie . . .?« Marrs gab nach und lachte schallend, und ich schloß mich ihm an. »Lachen Sie nur. Das ist gar nicht komisch. Als ich die staatliche Taubstummenanstalt anrief, haben die aufgelegt. Die hielten mich wahrscheinlich für einen Witzbold. Aber lassen wir das.

Auf dieser Liste stehen drei Frauen und ein Mann. Sie können Englisch, Französisch, Spanisch und Deutsch. Zwei von ihnen arbeiten an der Ostküste, und ich warte noch auf ihre Antwort auf Telegramme, die ich ihnen geschickt habe. Einer lebt in Pomona, und einer ist in der staatlichen Taubstummenschule von Arizona tätig. Mehr habe ich nicht geschafft.«

Wir überlegten. »Nehmen Sie sich Ihr Telefon. Sprechen Sie mit jedem Staat in den Vereinigten Staaten, wenn es sein muß, auch mit Übersee.«

Johnson versetzte seinem Schreibtisch einen Fußtritt. »Und was werden Sie dann mit ihnen machen, wenn ich welche finde?«

»Das werden Sie ja sehen. Sorgen Sie dafür, daß sie hierher geflogen kommen, dann sehen Sie ja, was passiert. Ich will einen Vorführraum, nicht den Ihren, und einen guten, vereidigten Gerichtsreporter.«

Er atmete tief durch und fragte dann, womit er sich das verdient hätte.

»Rufen Sie uns im Commodore an.« Und zu Marrs gewandt: »Halten Sie uns die Reporter eine Weile vom Leibe. Für die haben wir später etwas.« Dann gingen wir.

Johnson fand niemanden, der das Griechische Lippenlesen konnte. Zumindest niemanden, der englisch sprechen konnte. Den Experten für Russisch grub er in Ambridge in Pennsylvania aus, der Experte für Flämisch und Holländisch kam aus Leyden, und in letzter Minute stolperte er über einen Koreaner, der in Seattle als Inspektor für die chinesische Regierung tätig war. Fünf Frauen und zwei Männer. Wir ließen sie einen von Samuels verfaßten, wasserdichten Vertrag unterschreiben. Samuels erledigte jetzt alle unsere juristischen Geschäfte. Ich hielt eine kleine Rede, ehe sie unterschrieben.

»Diese Verträge werden Ihr persönliches und geschäftliches Leben, so weit wir das sicherstellen konnten, über ein Jahr kontrollieren. Sie enthalten auch eine Klausel, die besagt, daß wir diesen Zeitraum, sofern wir das wünschen, um ein weiteres Jahr verlängern können. Damit wir uns richtig verstehen — Sie werden eine eigene Wohnung haben, die wir zur Verfügung stellen. Unsere Einkäufer werden Ihnen alles Notwendige liefern. Jeder Versuch, in unerlaubter Weise mit der Außenwelt in Verbindung zu treten, wird zu einer Kündigung des Vertrages führen. Ist das klar?

Gut. Ihre Arbeit wird nicht schwierig sein, aber ungemein wichtig. Höchstwahrscheinlich werden Sie in drei Monaten fertig sein, werden sich aber bereit halten, jederzeit nach unserem Belieben an jeden beliebigen Ort zu gehen, natürlich auf unsere Kosten. Mr. Sorenson, da Sie hier Protokoll führen — Ihnen ist natürlich klar, daß das auch Sie betrifft.« Er nickte.

»Die Referenzen, die Sie uns angegeben haben, Ihre beruflichen Fähigkeiten und Ihre bisherige Arbeit sind gründlich überprüft worden, und Sie werden weiterhin sorgfältig überwacht werden. Man wird von Ihnen erwarten, daß Sie jede Seite, vielleicht sogar jede Zeile der Texte, die Ihnen Mr. Sorenson liefern wird, bestätigen und notariell beglaubigen lassen. Fragen?«

Keine Fragen. Jeder bekam ein phänomenales Gehalt und jeder legte Wert darauf, daß wir spürten, wie erpicht er darauf war. Sie unterschrieben alle.

Der tüchtige Johnson kaufte uns eine kleine Pension, und wir bezahlten einer Detektivagentur einen exorbitanten Preis, damit diese das Kochen, das Saubermachen und die notwendigen Chauffeurarbeiten übernahm. Wir verlangten, daß die Lippenleser sich verpflichteten, untereinander nicht über ihre Arbeit zu sprechen, insbesondere nicht vor den Hausangestellten, und sie befolgten unsere Anweisungen sehr gut.

Eines Tages, vielleicht einen Monat später, beriefen wir in dem

Vorführraum von Johnsons Labor eine Konferenz ein. Wir hatten eine einzige Rolle Film.

»Was soll das?«

»Das ist der Grund für all die Geheimnistuerei. Nein, Sie brauchen Ihren Vorführer nicht zu rufen. Ich werde den Film selbst vorführen. Sehen Sie ihn sich an und sagen Sie mir dann, was Sie davon halten.«

Sie waren verstimmt. »Langsam hängt mir dieser Kram zum Halse heraus«, sagte Kessler.

Als ich auf die Vorführkabine zuging, hörte ich Mike sagen: »Mir ganz genau so.«

Aus der Vorführkabine konnte ich sehen, was unten auf der Leinwand abgebildet wurde, aber sonst nichts. Ich ließ den Streifen ablaufen, spulte ihn zurück und ging hinunter.

Dort sagte ich: »Eines noch — ehe wir hier weitermachen, sollten Sie das lesen. Es handelt sich um eine beglaubigte und bestätigte Abschrift dessen, was Sie von den Lippen der Schauspieler, die Sie gerade gesehen haben, lesen konnten. Übrigens waren das nicht ›Schauspieler‹ in dem Sinn, wie man das Wort normalerweise gebraucht.« Ich reichte die Blätter herum, jeder bekam eins. »Diese ›Schauspieler‹ sind ganz normale Leute. Sie haben gerade eine Wochenschau gesehen. Auf den Blättern steht, wovon sie geredet haben. Mike und ich haben etwas im Kofferraum, was wir Ihnen zeigen wollen. Wir sind gleich wieder da.«

Mike half mir die Maschine hereinzutragen. Als wir durch die Tür traten, sahen wir gerade Kessler das Blatt von sich werfen. Er sprang auf.

Er war wütend.

»Was geht hier vor?« Wir achteten nicht auf ihn, auch nicht auf die erregten Rufe der anderen, bis die Maschine an der nächsten Steckdose angeschlossen war.

Mike sah mich an. »Hast du eine Ahnung?«

Ich schüttelte den Kopf und sagte Johnson, er solle einen Augenblick den Mund halten. Mike hob den Deckel und zögerte kurz, ehe er die Schalter betätigte. Ich schob Johnson in seinen Sessel und schaltete selbst die Lichter aus. Es wurde dunkel. Johnson, der mir über die Schulter blickte, riß den Mund auf. Ich hörte Bernstein leise und verblüfft fluchen.

Ich drehte mich um, damit ich sah, was Mike ihnen zeigte.

Es war wirklich eindrucksvoll. Er hatte genau über dem Dach des Labors angefangen und von dort nach oben hinauf. Immer weiter hinauf, bis die Stadt Los Angeles nur noch ein winziger Punkt auf einem großen Ball war. Am Horizont konnte man die Rockies sehen. Johnson packte mich am Arm. Es tat weh.

»Was ist das? Was ist das? Aufhören!« Er brüllte förmlich. Mike schaltete die Maschine ab.

Was dann geschah, können Sie sich ja denken. Niemand glaubte seinen Augen, auch Mikes geduldiger Erklärung nicht. Er mußte die Maschine noch zweimal wieder einschalten und einmal weit in Kesslers Vergangenheit hineinsehen. Dann setzte die Reaktion ein.

Marrs rauchte eine Zigarette nach der anderen, Bernstein drehte einen goldenen Drehbleistift zwischen den Fingern, Johnson ging auf und ab wie ein Tiger in seinem Käfig, und Kessler starrte die Maschine stumm an. Johnson murmelte vor sich hin, während er auf und ab ging. Dann blieb er stehen und hielt Mike die Faust unter die Nase.

»Mann! Wissen Sie, was Sie hier haben? Warum vergeuden wir denn hier unsere Zeit? Begreifen Sie denn nicht, daß wir damit die Welt am Schwanz packen und uns von ihr den Berg hinunterziehen lassen können? Wenn ich das je gewußt hätte . . .«

Mike bat mich um Hilfe. »Ed, sprich du mit diesen Verrückten.«

Das tat ich. Ich kann mich nicht genau erinnern, was ich sagte, es ist auch nicht wichtig. Aber ich sagte ihm, wie wir angefangen hatten, wie wir uns alles zurechtgelegt hatten, und was wir tun würden. Am Ende erklärte ich ihm, was wir uns bei dem Streifen Film gedacht hatten, den wir gerade gezeigt hatten.

Er fuhr zurück, als wäre ich eine Schlange. »Damit kommen Sie nicht durch! Man würde Sie aufhängen — wenn man Sie nicht vorher lyncht!«

»Glauben Sie nicht, daß wir das wissen? Glauben Sie nicht, daß wir bereit sind, dieses Risiko einzugehen?«

Er raufte sich das schüttere Haar. Jetzt mischte Marrs sich ein. »Lassen Sie mich mit ihm reden.« Er baute sich vor uns auf.

»Ist das alles einwandfrei? Sie werden einen solchen Film machen und dann den Kopf dafür hinhalten? Sie werden dieses ... dieses Ding den Menschen der Welt übergeben?«

Ich nickte. »Genau das.«

»Und alles umwerfen, was Sie haben?« Er war jetzt ganz ernst, und ich auch. Jetzt drehte er sich zu den anderen um. »Er meint das wirklich so!«

Bernstein sagte: »Das kann man doch nicht machen!«

Erregte Worte flogen hin und her. Ich versuchte sie davon zu überzeugen, daß wir den einzig möglichen Weg eingeschlagen hatten. »In was für einer Art Welt wollen Sie denn leben? Oder wollen Sie gar nicht leben?«

Johnson brummte: »Wie lange, glauben Sie denn, würden wir noch leben, wenn wir je einen solchen Film produzierten? Sie sind verrückt! Aber ich nicht. Ich werde meinen Kopf nicht in eine Schlinge stecken.«

»Warum, glauben Sie denn, haben wir so großen Wert darauf gelegt, daß die Verantwortung für Regie und Produktion genau festgelegt wurde? Sie werden nur tun, wofür wir Sie bezahlt haben. Nicht, daß wir Sie erpressen wollen, aber schließlich haben Sie alle ein Vermögen verdient, indem Sie mit uns zusammenarbeiteten. Jetzt, wenn es haarig wird, wollen Sie sich drücken.«

Marrs gab nach. »Vielleicht haben Sie recht, vielleicht auch nicht. Vielleicht sind Sie verrückt, und vielleicht bin ich es. Ich habe immer schon gesagt, daß ich alles einmal probiere. Bernie, Sie?«

Bernie gab sich zynisch. »Sie haben ja gesehen, was im letzten Krieg passiert ist. Das hilft vielleicht. Ich weiß nicht, ob ich mitmache. Ich weiß nicht — aber später könnte ich es dann nicht ertragen, wenn ich es nicht wenigstens versucht hätte. Also gut.«

Kessler?

Der nickte. »Wer will schon ewig leben? Wer läßt sich schon eine solche Chance entgehen?«

Johnson raufte sich das Haar. »Nun hoffen wir, daß wir zusammen eine Zelle bekommen. Dann spielen wir eben alle verrückt.« Und damit war das gelaufen.

Wir machten uns in einer wahren Orgie von Hoffnung und gegenseitigem Verständnis an die Arbeit. In vier Monaten hatten die Lippenleser ihre Arbeit getan. Es hätte wenig Sinn, hier ihre

Reaktionen auf all das Dynamit zu schildern, das sie täglich Sorensen diktierten. Wir ließen sie zu ihrem eigenen Nutzen über unser eigentliches Ziel im unklaren, und als sie fertig waren, schickten wir sie über die Grenze nach Mexiko auf eine kleine Ranch, die Johnson gepachtet hatte. Wir würden sie später noch einmal brauchen.

Während die Kopiermaschinen rund um die Uhr arbeiteten, übertraf Marrs sie noch. Presse und Radio schrien die Ankündigung hinaus, daß unser neuester Film in jeder Stadt der Welt, die für uns erreichbar war, gleichzeitig seine Premiere erleben würde. Es würde der letzte Film sein, den wir machen mußten. Viele wunderten sich, daß wir von ›mußten‹ sprachen. Wir reizten ihre Neugierde noch, indem wir uns weigerten, irgendwelche Vorausinformationen über das Thema zu geben, und Johnson schaffte es tatsächlich, die Leute so aufzuputschen, daß keiner von ihnen sich zu irgendwelchen voreiligen Erklärungen hinreißen ließ. Der Tag, den wir für die Freigabe ausgewählt hatten, war ein Sonntag. Am Montag brach der Sturm los.

Ich würde gerne wissen, wie viele Kopien von dem Streifen heute noch existieren. Ich würde gerne wissen, wie viele den Flammen oder der Beschlagnahme entgingen. Wir zeigten zwei Weltkriege, zeigten sie aus den wenig schmeichelhaften Blickwinkeln, die bis jetzt nur durch ein paar Bücher dokumentiert waren, die in den dunkelsten Winkeln der Bibliotheken verschimmelten. Wir zeigten die Kriegsmacher und *nannten sie beim Namen,* die zynischen Kriegstreiber, die lachten und logen, die sogenannten Patrioten, die die Fanale der Schlagzeilen benutzten und sich dann hinter ihrer Fahne verbargen, während Millionen zu Tode kamen: Da waren unsere eigenen Verräter und auch die der anderen, die verborgenen mit den Janus-Gesichtern. Unsere Lippenleser hatten gute Arbeit geleistet; da gab es keine Vermutungen, keine Indizien aus den zerfetzten Akten einer in Flammen aufgegangenen Vergangenheit, nein, nur exakte Worte, die Verrat brandmarkten, der sich als Patriotismus getarnt hatte.

Im Ausland wurde der Streifen nur einen Tag lang, teilweise sogar kürzer, gezeigt. Gewöhnlich wurden die Filmtheater als Vergeltung für die Zensurmaßnahmen von der wütenden Menge zerstört. (Marrs hatte übrigens Hunderttausende dafür ausgegeben, um Beamte zu bestechen, damit der Film ohne Vorzensur gezeigt werden konnte. In einigen Staaten wurden, als das heraus kam, einige Zensoren ohne Gerichtsverhandlung kurzerhand erschossen.) Auf dem Balkan brachen Revolutionen aus, und einige Botschaften wurden vom Mob gestürmt. Wo der Film verboten oder zerstört wurde, tauchten spontan geschriebene Versionen auf den Straßen oder in den Kaffeehäusern auf. Raubdrucke wurden an Zollwachen vorbeigeschmuggelt, die bewußt zur Seite sahen. Eine Königsfamilie floh in die Schweiz.

Hier in Amerika lief er zwei Wochen, ehe die Bundesregierung, von Presse und Radio aufgehetzt, in einer nie dagewesenen Maßnahme alle Vorstellungen schloß, ›um die allgemeine Wohlfahrt zu fördern, die Ruhe im Lande sicherzustellen und die Auslandsbeziehungen zu schützen‹. Im mittleren Westen liefen Gerüchte um, und es kam zu Zusammenrottungen, bis die Behörden erkannten, daß etwas geschehen mußte, und zwar schnell, sollte nicht jede Regierung auf der ganzen Welt in sich zusammenbrechen.

Wir waren in Mexiko auf der Ranch, die Johnson für die Lippenleser gepachtet hatte. Während Johnson auf und ab rannte und nervös eine Zigarre paffte, deren Ende schon völlig zerkaut war, hörten wir eine Sondersendung des Generalstaatsanwalts:

»... ferner wurde heute an die Regierung der Vereinigten Staaten von Mexiko folgende Mitteilung übermittelt. Ich verlese: ›Die Regierung der Vereinigten Staaten von Amerika ersucht um sofortige Festnahme und Auslieferung der folgenden:

Edward Joseph Lefkowicz, bekannt als Lefko.‹« Natürlich stand ich an der Spitze der Liste. Selbst ein Fisch konnte sich aus Ärger heraushalten, wenn er nur den Mund hielt.

»›Miguel José Zapata Laviada.‹« Mike schlug ein Bein über das andere.

»›Edward Lee Johnson.‹« Er warf seine Zigarre auf den Boden und sank in einen Sessel.

»›Robert Chester Marrs.‹« Er zündete sich eine weitere Zigarette an. Sein Gesicht zuckte.

»›Benjamin Lionel Bernstein.‹« Er lächelte ein schiefes Lächeln und schloß die Augen.

»›Carl Wilhelm Kessler.‹« Ein böses Knurren.

»Diese Männer werden von der Regierung der Vereinigten Staaten von Amerika gesucht. Es soll ihnen der Prozeß wegen verschiedener Anschuldigungen, darunter wegen krimineller Verschwörung, Anstachelung zum Aufruhr, Verdacht des Hochverrats . . .«

Ich schaltete das Radio aus. »Nun?« Damit meinte ich niemanden im speziellen.

Bernstein schlug die Augen auf. »Die *Rurales* sind wahrscheinlich schon unterwegs. Jetzt können wir ebenso gut zurückkehren und uns stellen . . .«

Wir gingen in Juarez über die Grenze. Das FBI erwartete uns schon.

Es gab wohl keine Presse- oder Radiokette, die den Prozeß nicht übertrug. Ebenso das neue und noch unvollkommene Fernsehnetz. Wir durften niemanden außer unserem Anwalt sprechen. Samuels flog von der Westküste herüber und versuchte eine Woche lang, an unseren Bewachern vorbeizukommen. Er sagte, wir sollten unter keinen Umständen mit Reportern sprechen, falls wir welche zu Gesicht bekommen sollten.

»Haben Sie die Zeitungen nicht gesehen? Wahrscheinlich ganz gut — wie haben Sie es fertiggebracht, in dieses Schlamassel hineinzugeraten? Eigentlich müßten Sie doch schlauer sein.«

Ich sagte es ihm.

Das nahm ihm den Atem. »Sind Sie alle verrückt?«

Er war schwer zu überzeugen. Nur unseren vereinten Bemühungen gelang es, ihn davon zu überzeugen, daß es eine solche Maschine gab. (Er redete mit jedem einzelnen von uns separat, weil man uns isoliert hielt.) Als er wieder zu mir zurückkehrte, war er außerstande, zusammenhängend zu denken.

»Was soll das denn für eine Verteidigung sein?«

Ich schüttelte den Kopf. »Nein. Damit will ich sagen, wir wissen, daß wir uns praktisch aller denkbaren Vergehen schuldig gemacht haben, wenn man es auf die eine Art und Weise sieht. Anders betrachtet . . .«

Er stand auf. »Mann, Sie brauchen keinen Anwalt, Sie brauchen einen Arzt. Bis später. Ich muß mir das erst richtig zurechtlegen, ehe ich etwas unternehmen kann.«

»Setzen Sie sich hin. Was halten Sie davon?« Und dann setzte ich ihm auseinander, was ich mir vorgestellt hatte.

»Ich denke . . . ich weiß nicht, was ich denke. Ich weiß es wirklich nicht. Wir sprechen uns später. Im Augenblick brauche ich bloß frische Luft.« Damit ging er.

Wie dies bei den meisten Prozessen der Fall ist, begann auch dieser mit der üblichen Anschwärzung des Charakters des Angeklagten. (Die Männer, die wir ursprünglich erpreßt hatten, hatten schon lange ihr Geld zurückbekommen und verfügten über genug Verstand, um den Mund zu halten. Vielleicht kam das auch daher, weil man ihnen angedeutet hatte, daß vielleicht noch ein oder zwei Negative herumliegen könnten. Strafverschärfend? — Sicher.) Und dann saßen wir mit größtem Interesse in der großen Säulenhalle und hörten uns eine traurige Geschichte an.

Wir hatten mit böser Absicht und Vorbedacht große und selbstlose Männer verleumdet, die ein Leben ergebener Arbeit für die Öffentlichkeit geführt hatten; hatten ohne Not Beziehungen gefährdet, die von langjähriger Freundschaft geprägt waren, indem wir mythische Ereignisse falsch wiedergegeben hatten; hatten die mutigen Opfer jener verspottet, die es als ›süß und ehrenhaft‹ empfunden hatten, für das Vaterland zu sterben, und ›hatten den Seelenfrieden eines jeden völlig außer Gleichgewicht gebracht‹. Jede neue Anklage, jede neue verbale Lanze führte erneut zu Zustimmung seitens der mit Würdenträgern vollgepackten Halle. Obwohl jemand davon abgeraten hatte, war der Prozeß aus dem üblichen Gerichtssaal in die Halle der Justiz verlegt worden. Und die war vollgestopft mit Einfluß, protzigen Uniformen und selbstgerechten Abgesandten aus der ganzen Welt, und nur die Kongreßabgeordneten der größten Staaten oder solche mit der größten Stimmenzahl hatten eine Chance, sich einen der neu eingebauten Sitze zu sichern.

Sie sehen also, daß Samuels einer sehr feindselig gestimmten Zuhörerschaft gegenüberstand, als schließlich die Verteidigung zu Wort kam. Wir hatten die vorangegangene Nacht gemeinsam in der bewachten Suite verbracht, in die man uns für die Dauer des Prozesses gesteckt hatte, und hatten uns nach besten Kräften darum bemüht, unsere Verteidigung hieb- und stichfest zu machen. Samuels legte jenen arroganten Humor an den Tag, der normalerweise mit dem größten Selbstvertrauen einhergeht, und ich bin sicher, daß es ihm Vergnügen bereitete, dort unter all den mit Medaillen behängten, doppelkinngeschmückten Großbonzen zu stehen und die Bombe zu kennen, die er gleich werfen würde. Er gab einen guten Grenadier ab. Das ging so:

»Wir glauben, daß es nur eine wirkliche Verteidigung gibt; wir glauben, daß nur eine Verteidigung notwendig ist. Wir haben gern und ohne Vorurteil unser angestammtes Recht auf ein Verfahren durch Geschworene aufgegeben. Wir werden klar und deutlich zur Sache sprechen.

Sie haben den fraglichen Film gesehen. Sie haben vielleicht über die erstaunliche Ähnlichkeit der Schauspieler in jenem Film mit den genannten und abgebildeten Personen nachgedacht und gesprochen. Sie haben möglicherweise auch über die offensichtliche Ähnlichkeit mit der Realität nachgedacht. Darauf möchte ich noch einmal eingehen. Der erste Zeuge wird, wie ich glaube, bereits aufzeigen, auf welche Weise wir die Anschuldigungen der Anklage zurückweisen möchten.« Er rief seinen ersten Zeugen.

»Ihr Name, bitte?«

»Mercedes Maria Gomez.«

»Etwas lauter, bitte.«

»Mercedes Maria Gomez.«

»Ihr Beruf?«

»Bis vergangenen März war ich Lehrerin an der Taubstummenschule von Arizona. Dann erbat ich für ein Jahr Dienstbefreiung, die ich auch erhielt. Im Augenblick stehe ich unter Vertrag bei Mr. Lefko.«

»Wenn Sie Mr. Lefko in diesem Gerichtssaal sehen, Miß . . . Mrs. . . .«

»Miß.«

»Danke. Wenn Mr. Lefko sich in diesem Gericht aufhält, würden Sie dann bitte auf ihn zeigen? Danke. Würden Sie uns Ihre Aufgabe in der Schule von Arizona schildern?«

»Ich habe völlig taub geborenen Kindern das Sprechen beigebracht. Und das Lippenlesen.«

»Können Sie selbst Lippenlesen, Miß Gomez?«

»Ich bin seit meinem fünfzehnten Lebensjahr völlig taub.«

»Nur in englischer Sprache?«

»Englisch und spanisch. Wir haben . . . hatten viele Kinder mexikanischer Herkunft.«

Samuels verlangte einen spanisch sprechenden Dolmetscher. Ein Beamter im hinteren Teil des Gerichtssaals meldete sich sofort freiwillig. Er wurde von seinem Botschafter, der ebenfalls zugegen war, identifiziert.

»Würden Sie dieses Buch bitte zum hinteren Ende des Gerichtssaals tragen, Sir?« Und zum Gericht gewandt: »Wenn die Anklagevertretung das Buch untersuchen möchte, wird sie feststellen, daß es sich um eine spanische Ausgabe der Bibel handelt.« Die Anklage verzichtete.

»Würde der Beamte bitte die Bibel an einer beliebigen Stelle öffnen und laut lesen?« Er schlug die Bibel in der Mitte auf und las. In völliger Stille versuchte das Gericht zu hören. Nichts war in der riesigen Halle zu vernehmen.

Samuels: »Miß Gomez. Würden Sie bitte diesen Feldstecher nehmen und dem Gericht wiederholen, was der Beamte am anderen Ende des Saales gerade liest?«

Sie nahm das Glas und richtete es auf den Beamten, der zu lesen aufgehört hatte und jetzt zu Samuels herüberblickte. »Ich bin bereit.«

Samuels: »Würden Sie es bitte lesen, Sir?«

Er tat das, und Miß Gomez wiederholte laut, schnell und deutlich eine Stelle, die sehr authentisch klang, mir aber unverständlich blieb. Ich spreche nicht spanisch. Der Beamte las ein oder zwei Minuten lang.

Samuels: »Danke, Sir. Und danke Ihnen, Miß Gomez. Sie entschuldigen bitte, Sir, aber da bekanntlich manche Leute ganze Bibelpassagen auswendig gelernt haben, bitte ich Sie dem Gericht zu sagen, ob Sie irgendein Schriftstück bei sich haben, das Miß Gomez unter keinen Umständen sehen kann?« Ja, das hatte der Beamte. »Würden Sie das ebenfalls lesen? Würden Sie bitte, Miß Gomez . . .«

Auch das las sie. Dann trat der Beamte vor und ließ sich vom Gerichtsstenographen Miß Gomez' Worte vorlesen.

»Das ist es, was ich gelesen habe«, bestätigte er.

Samuels überstellte sie der Anklagevertretung, die einige weitere Experimente anstellte, die nur bewiesen, daß sie als Dolmetscherin und Lippenleserin in beiden Sprachen gleich gut war.

Dann brachte Samuels schnell hintereinander die restlichen Lippenleser in den Zeugenstand. Sie erwiesen sich schnell hintereinander als ebenso fähig und tüchtig wie Miß Gomez, jeder in seiner eigenen Sprache. Der Russe aus Ambridge erbot sich freundlicherweise, jede beliebige andere slawische Sprache in sein gebrochenes Englisch zu übersetzen, was zu Grinsen auf der Pressetribüne führte. Das Gericht war überzeugt, konnte aber nicht einsehen, was das Ganze sollte. Samuels, vor Befriedigung und Zuversicht strahlend, wandte sich zum Gericht.

»Dank der Nachsicht des Gerichts und trotz aller Bemühungen der hochgeschätzten Anklagevertretung haben wir die fast erstaunliche Genauigkeit des Lippenlesens im allgemeinen und dieser Lippenleser im speziellen bewiesen.« Ein Richter nickte geistesabwesend. »Deshalb wird unsere Verteidigung auf jener Prämisse basieren und noch auf einer weiteren, die wir bis jetzt glaubten, verborgen halten zu müssen: der fragliche Streifen war und ist nämlich ganz entschieden keine fiktive Darstellung von Ereignissen von zweifelhafter Authentizität. Jede einzelne Szene in jenem Film enthielt nicht geschulte Schauspieler, sondern die Originalperson, die genannt und dargestellt wurde. Kein Fuß, ja kein Zoll Film ist das Ergebnis komplizierter Studiorekonstruktion, sondern eine tatsächliche Sammlung von Bildern, eine tatsächliche Sammlung von Wochenschauen — wenn man sie das nennen kann —, die lediglich in Form eines Films zusammengeschnitten wurden!«

In dem sich jetzt erhebenden erregten Stimmengewirr hörten wir, wie ein Anklagevertreter rief: »Das ist lächerlich! Keine Wochenschau . . .«

Samuels ignorierte die Einwände und den Tumult und rief mich in den Zeugenstand. Abgesehen von den üblichen formellen Fragen durfte ich auf meine Art sprechen. Das ursprünglich feindselig gestimmte Gericht faßte genügend Interesse, um die verschiedenen Einwände abzulehnen, die vom Anklagetisch herüberflogen. Ich hatte das Gefühl, daß wenigstens zwei Mitglieder des Gerichts, wenn sie schon nicht auf unserer Seite standen, so doch freundlich gestimmt waren. So weit ich mich erinnern kann, schilderte ich die Vorkommnisse der vergangenen Jahre und schloß etwa folgendermaßen:

»Was die Frage betrifft, weshalb wir die Dinge so arrangierten, wie wir es taten — nun, weder Mr. Laviada noch ich waren imstande, uns mit der Vorstellung abzufinden, daß wir seine Entdeckung zerstören sollten. Wir waren und sind nicht bereit, uns oder einer beschränkten Gruppe durch den Einsatz von Geheimhaltung Vorteile zu verschaffen, falls das möglich war oder ist. Was die einzig andere Alternative angeht . . .« — und das sagte ich in erster Linie für Richter Bronson, den bekannten Liberalen auf der Richterbank —, »so stehen seit dem letzten Krieg sämtliche Forschungsarbeiten auf dem Bereich der Atomphysik unter Leitung eines dem Namen nach zivilen Ausschusses, der aber in Wirklichkeit unter dem ›Schutz und der Leitung‹ von Heer und Marine steht. Dieser ›Schutz‹ und diese ›Leitung‹ haben sich, wie jeder erfahrene Physiker mit Freuden bestätigen wird, als nichts anderes als eine Tarndecke erwiesen, die alte Denkmethoden, abgrundtiefe Ignoranz und ein unglaubliches Maß an Stümperei verdecken. Im Augenblick steht dieses Land — oder jedes andere Land, das so dumm war, auf das starre Regime der militärischen Denkweise zu vertrauen — um Jahre hinter dem zurück, was sonst normalerweise und auf natürlichem Wege in den Bereichen der Kernphysik und verwandten Wissensgebieten hätte entdeckt werden können.

Wir waren und sind fest davon überzeugt, daß selbst die leiseste Andeutung der Möglichkeiten und der Tragweite von Mr. Laviadas Entdeckung unter dem augenblicklichen Regime sofort zur Beschlagnahme selbst eines mutmaßlich sicheren Patents geführt hätte. Mr. Laviada hat nie Patentschutz beantragt und wird das nie tun. Wir sind beide der Ansicht, daß eine solche Entdekkung nicht einem Individuum, einer Gruppe, einer Firma, ja nicht einmal einer Nation, sondern der ganzen Welt und denen, die auf ihr wohnen, gehört.

Wir wissen — und sind gerne bereit, dies zu beweisen —, daß die inneren und äußeren Angelegenheiten — nicht nur dieser Nation, sondern jeder Nation — von esoterischen Gruppen beeinflußt und manchmal kontrolliert werden, welche politische

Theorien und Menschenleben verdrehen und verbiegen, nur um ihren eigenen Zielen zu dienen.« Mürrisches Schweigen lastete über dem Gericht, dick und sauer und angefüllt mit Haß und Unglauben.

»Geheimverträge beispielsweise und bösartige Lügenpropaganda haben zu lange die menschlichen Leidenschaften beeinflußt und Menschen zum Hassen gebracht; ehrenwerte Diebe sind zu lange auf unverdienten Ämtern herumgesessen und dort verfault. Die Maschine kann Verrat und Unwahrheit unmöglich machen. *Das muß sie,* wenn verhindert werden soll, daß ein Atomkrieg das Antlitz und die Geschicke der Welt verbrennt.

Unsere Filme wurden alle zu diesem Zweck gemacht. Zuerst brauchten wir den Wohlstand und das Ansehen, um einer internationalen Zuhörerschaft das zu zeigen, was, wie wir wußten, die Wahrheit war. Wir haben getan, was wir konnten. Von nun an übernimmt dieses Gericht die Bürde, die bisher wir getragen haben. Wir haben uns keines Verrates und keiner Täuschung schuldig gemacht. Unsere einzige Schuld ist tiefe, echte Menschlichkeit. Mr. Laviada wünscht, daß ich dem Gericht und der Welt sage, er sei bis zu diesem Augenblick außerstande gewesen, der Welt seine Entdeckung zum freien Gebrauch zu übergeben.«

Das Gericht starrte mich an. Jeder ausländische Vertreter war in seinem Stuhl nach vorne gerutscht und wartete darauf, daß die Richter uns ohne weitere Umstände erschießen ließen, ihre funkelnden Uniformen schienen zu kochen, und die Bleistifte der Presseleute flogen über das Papier. Die Spannung ließ meine Kehle austrocknen. Die Rede, die Samuels und ich in der letzten Nacht einstudiert hatten, war starker Tobak. Was nun?

Samuels sprang elegant in die Bresche. »Mit Erlaubnis des Gerichts; Mr. Lefko hat da ein paar höchst erstaunliche Erklärungen abgegeben. Erstaunlich, aber sicher ehrlich und sicher entweder zu beweisen oder zu widerlegen. Und einen Beweis wollen wir liefern!«

Er schritt zur Tür des Konferenzraums, den man uns zugewiesen hatte. Da die Hunderte von Augen ihm folgten, fiel es mir leicht, den Zeugenstand zu verlassen und zu warten. Samuels rollte die Maschine in den Konferenzraum, und Mike erhob sich.

Das Flüstern, das in der Luft lag, schien enttäuscht, unbeeindruckt. Er rollte sie vor den Richtertisch.

Und dann trat er unauffällig zur Seite, während die Fernsehleute ihre Kamera mit dem mächtigen Objektiv auf ihn richteten. »Mr. Laviada und Mr. Lefko, würden Sie bitte ... Ich bin sicher, daß die Anklagevertretung keine Einwände haben wird?« Er forderte sie heraus.

Einer der Ankläger war bereits aufgesprungen. Er öffnete zögernd den Mund, überlegte es sich dann aber anders und setzte sich wieder. Köpfe schoben sich zusammen. Samuels beobachtete das Gericht mit einem Auge und den Gerichtssaal mit dem anderen.

»Wenn es dem Gericht beliebt — wir benötigen eine freie Fläche. Wenn der Gerichtsdiener bitte ... vielen Dank, Sir.« Die langen Tische wurden zurückgeschoben, es gab ein scharrendes Geräusch. Er stand da, und jedes Auge im Gerichtssaal hing wie gebannt an ihm. Zwei lange Atemzüge lang stand er da, und dann drehte er sich herum und ging zu seinem Tisch. »Mr. Lefko«, dann verbeugte er sich förmlich und setzte sich.

Die Augen fuhren zu mir herum, zu Mike, als der zu seiner Maschine trat und stumm daneben stand. Ich räusperte mich und sprach dann zur Richterbank gewandt, als hätte ich das Richtmikrophon nicht gesehen, das auf meine Lippen gerichtet war.

»Richter Bronson.«

Er sah zuerst mich, dann Mike an. »Ja, Mr. Lefko?«

»Es ist allgemein bekannt, daß Sie frei von jeglichen Vorurteilen sind.« Seine Mundwinkel kippten nach unten, und er runzelte die Stirn. »Sind Sie bereit, sich als Beweis benutzen zu lassen, daß keine Tricks vorliegen?« Er überlegte einen Augenblick und nickte dann langsam. Die Anklage brachte einen Einwand vor, der aber abgelehnt wurde. »Würden Sie mir genau sagen, wo Sie sich zu einem bestimmten Zeitpunkt aufgehalten haben? Irgendeinen Ort, an den Sie sich mit absoluter Sicherheit erinnern und von dem Sie auch bestätigen können, daß sich an diesem Ort keine verborgenen Kameras oder Beobachter befanden?«

Er dachte nach. Es dauerte Sekunden, Minuten. Die Spannung

lag geradezu greifbar im Saal, und ich schluckte Staub. Dann sagte er mit leiser Stimme: »1918, 11. November.«

Mike flüsterte mir etwas zu, und ich fragte: »Irgendeine bestimmte Zeit?«

Justice Bronson sah Mike an. »Exakt 11 Uhr. Waffenstillstandszeit.« Er hielt inne und fuhr dann fort: »Niagara Falls. Niagara Falls, New York.«

Ich hörte in dem herrschenden Schweigen, wie die Skalen klickten, und Mike flüsterte mir wieder etwas zu. Ich sagte: »Die Lichter sollten ausgeschaltet werden.« Der Gerichtsdiener stand auf. »Würden Sie jetzt bitte auf die linke Wand blicken oder jedenfalls in diese Richtung? Ich denke, wenn Justice Kassel sich ein wenig herumdreht ... wir sind bereit.«

Bronson sah zuerst mich an und blickte dann zur linken Wand hinüber. »Fertig.«

Die Lichter erloschen über uns, und ich hörte, wie die Aufnahmeteams vom Fernsehen murmelten. Ich tippte Mike auf die Schulter. »Zeig es ihnen, Mike!«

Im Herzen sind wir alle Showleute, und Mike ist da keine Ausnahme. Plötzlich ergoß sich ein gefrorener Strom aus dem Nichts in die Tiefen. Niagara Falls. Ich glaube, ich habe irgendwann einmal erwähnt, daß ich nie ganz über meine Angst vor hohen Punkten hinweggekommen bin. Nur wenige Leute schafften das. Ich hörte ein paar Zuschauer aufstöhnen, als wir geradewegs nach unten fuhren. Immer tiefer, bis wir am Rande des lautlosen Kataraktes anhielten, der in seiner gefrorenen Majestät gespenstisch wirkte. Mike hatte die Zeit exakt um elf Uhr angehalten, das wußte ich. Er schaltete zum amerikanischen Ufer hinüber. Langsam bewegte er sich am Ufer entlang. Dort standen ein paar Touristen in fast komisch wirkender Haltung. Es lag Schnee, und in der Luft hingen Schneeflocken. Die Zeit stand still, und die Herzen verlangsamten ihren Schlag voll Mitgefühl.

Bronson herrschte ihn an: »Halt!«

Ein junges Paar. Langer Rock, hochgeknöpfter Militärkragen, ein herunterhängender Militärmantel, einander gegenüberstehend, die Arme umeinander geschlungen. Mikes Ärmel raschelte in der Finsternis, und sie bewegten sich. Sie schluchzte, und der Soldat lächelte. Sie wandte den Kopf ab, und er drehte ihn wieder herum. Ein anderes Paar packte sie fröhlich, und sie wirbelten atemlos im Kreise.

Bronsons Stimme klang hart: »Das genügt!« Das Bild verschwamm ein paar Sekunden lang.

Washington. Das Weiße Haus. Der Präsident. Jemand hustete; es klang wie eine kleine Explosion. Der Präsident saß vor einem Fernsehschirm. Er zuckte plötzlich zusammen, richtete sich erschreckt auf. Jetzt sprach Mike zum erstenmal laut, seit er den Gerichtssaal betreten hatte.

»Das ist der Präsident der Vereinigten Staaten. Er sieht sich den Prozeß an, der über Rundfunk und Fernsehen aus diesem Gerichtssaal übertragen wird. Er hört, was ich in diesem Augenblick sage, und sieht auf seinem Fernsehschirm, wie ich meine Maschine benutze, um ihm zu zeigen, was er vor einer Sekunde tat.«

Der Präsident hörte jene schicksalhaften Worte. Irgendwie steif sah er sich unbewußt in seinem Zimmer um, blickte dann wieder auf seinen Bildschirm, und dann bewegte sich seine Hand so auf den Schalter des Gerätes zu, als geschähe das gegen seinen Willen.

»Mr. President, schalten Sie Ihr Gerät nicht ab.« Mikes Stimme klang kurz angebunden, fast unhöflich. »Sie müssen das hören, Sie ganz besonders. Sie müssen verstehen!

Das ist nicht das, was wir tun wollten, aber wir haben keine andere Wahl, als an Sie zu appellieren, und an die Menschen dieser verrückten Welt.« Der Präsident sah aus, als wäre er in Eisen gegossen. »Sie müssen sehen und begreifen, daß Sie in Ihrer Hand die Macht halten, es künftig für aus Habgier entsprungene Kriege unmöglich zu machen, im geheimen ausgebrütet zu werden, und dann die Menschen ihrer Jugend oder ihres Alters oder was auch sonst immer ihnen wichtig ist, zu berauben.« Seine Stimme wurde weicher, bittend. »Das ist alles, was wir zu sagen haben. Das ist alles, was wir wollen. Niemand wird je mehr wollen.« Der Präsident verblaßte, ohne sich zu bewegen, in der Dunkelheit. »Licht bitte«, und gleich darauf vertagte sich das Gericht.

Das liegt jetzt mehr als einen Monat zurück.

Man hat uns Mikes Maschine weggenommen, und wir stehen unter militärischer Bewachung. Wahrscheinlich ist es ganz gut, daß man uns bewacht. Wie wir gehört haben, ist es nur ein paar Häuserblocks von uns entfernt zu Lynchjustiz gekommen. Letzte Woche hörten wir, wie ein weißhaariger Fanatiker ein paar Stockwerke unter uns etwas schrie, was uns betraf. Wir konnten nicht alles verstehen, aber ein paar seiner Schreie verstanden wir.

»Teufel! Antichrist! Eine Verletzung der Bibel!« Ohne Zweifel gab es hier in dieser Stadt genügend Leute, die mit Freuden einen Scheiterhaufen errichtet hätten, um uns in den Flammen zu rösten, denen wir entsprungen waren. Ich frage mich, was die einzelnen Religionsgruppen jetzt tun, da die Wahrheit allen sichtbar ist. Wer kann in aramäischer oder lateinischer oder koptischer Sprache Lippenlesen? Und ist ein mechanisches Wunder wirklich ein Wunder?

Das verändert alles. Man hat uns verlegt. Ich weiß nicht, wohin. Nur, daß es hier warm ist, und daß wir uns, dem Fehlen von Zivilisten nach zu schließen, auf irgendeiner Militärbasis befinden müssen. Jetzt wissen wir, womit wir zu tun haben. Was als eine Tätigkeit begonnen hat, mit der wir die Zeit totschlagen wollten, Joe, hat sich zum notwendigen Vorspiel für das entwickelt, was ich jetzt von dir erbitten werde. Bring das zu Ende und dann sieh zu, daß du dich schnell bewegst! Es wird noch eine Weile dauern, bis wir das zu dir schaffen können. Also werde ich noch eine Weile so weitermachen, wie ich angefangen habe, bloß, um die Zeit totzuschlagen. So wie unsere Zeitungsausschnitte:

TIMES:

... eine solche Waffe kann und darf nicht in skrupellose Hände gelangen. Die letzte Produktion des berüchtigten Paares beweist, wie man isolierte, falsch verstandene Ereignisse verzerrt darstellen kann. Wenn diese Maschine in ketzerische Hände gerät, dann wäre kein Eigentum, kein Geschäft, kein persönliches Leben mehr heilig, keine Außenpolitik ...

MANCHESTER GUARDIAN:
... Kolonien stehen fest auf unserer Seite ... Liquidation des Empire ... Bürde des weißen Mannes ...

LE MATIN:
... angestammter Platz ... den Stolz Frankreichs wieder herstellen ...

PRAVDA:
... demokratisch bemänteltes, imperialistisches Komplott ... unsere ruhmreichen Wissenschaftler bereit anzukündigen ...

ASAHI SHIMBUN:
... unwiderleglicher Beweis göttlicher Abkunft ...

LA PRENSA:
... Ölkonzessionen ... Dollardiplomatie ...

DETROIT JOURNAL:
... unter unseren Augen in einer geheimen Festung an der East Warren ... unter scharfer Überwachung der Bundesbehörden ... Perfektion seitens unserer produktionserfahrenen Techniker erwiesen sich als wesentliche Hilfe für die Behörden ... Tiraden gegen Politiker und geschäftliche Vernunft zu weit getrieben ... morgen Eröffnungen durch ...

L'OSSERVATORE ROMANO:
Kardinalskollegium ... rechnen stündlich mit Bulletin ...

JACKSON STAR-CLARION:
... wird bei richtiger Behandlung erweisen, wie falsch das Geschwätz von der Gleichheit der Rassen ...

Die Presse erregte sich fast einhellig; Pegler schäumte, Winchell feixte. Die oberflächlichen Reaktionen erhielten wir aus der Presse. Aber eine militärische Wache besteht aus Individuen, Hotelzimmer müssen von Zimmermädchen gesäubert werden, Kellner müssen Essen bringen, und eine Kette ist so stark wie ...

wir erfuhren das, was wir für die Wahrheit halten, von denen, die für ihren Lebensunterhalt arbeiten müssen.

An Straßenecken und in Häusern finden Versammlungen statt, zwei große Veteranengruppen haben ihre Vorstände entlassen, sieben Gouverneure sind zurückgetreten, drei Senatoren und mehr als ein Dutzend Kongreßleute haben ihre Posten ›aus Gesundheitsgründen‹ aufgegeben, und die allgemeine Stimmung ist ziemlich unruhig. Auslandsreisende berichten dasselbe aus Europa; Asien brodelt, und Transportmaschinen mit laufenden Motoren stehen überall auf den Flugplätzen in Südamerika. Man diskutiert allgemein über eine Verfassungsergänzung, die durch die Legislative gepeitscht und mit der der Gebrauch ähnlicher Instrumente verboten werden soll, wobei vorgeschlagen wurde, daß die Herstellung ausschließlich der Bundesregierung erlaubt und eine Überlassung lediglich an Staatsbehörden oder verantwortungsvolle Organisationen erfolgen solle; es gibt auch das Gerücht, daß sich im ganzen Lande Autokonvois bilden für einen Marsch auf Washington, um eine Entscheidung des Gerichts über den Wahrheitsgehalt unserer Anklagen zu erbringen; man argwöhnt allgemein, daß alle Nachrichtendienste unter der direkten Kontrolle der Bundesbehörden oder des Militärs stehen; angeblich sollen die Drähte mit Petitionen und Forderungen an den Kongreß heiß laufen, die freilich nur selten ihren Adressaten erreichen.

Eines Tages sagte das Zimmermädchen: »Das ganze Hotel könnte ebenso gut schließen. Das ganze Stockwerk ist abgeriegelt. An jeder Tür stehen Militärpolizisten, und man schafft die anderen Gäste so schnell wie möglich aus dem Haus. Der ganze Bau wäre nicht groß genug, um all die Briefe und Telegramme unterzubringen, die man an Sie richtet oder die Leute, die hereinwollen, um Sie zu sehen. Dabei haben die nicht die leiseste Chance«, fügte sie grimmig hinzu. »Die Bude wimmelt von Bonzen.«

Mike sah mich an, und ich räusperte mich. »Was halten Sie denn von der ganzen Geschichte?«

Sie schüttelte geschickt ein Kissen zurecht und drehte es um. »Ich habe Ihren letzten Film gesehen, ehe die ihn konfiszierten. Alle Ihre Filme habe ich gesehen. Und Ihren Prozeß habe ich am

Radio verfolgt. Ich habe gehört, was Sie denen gesagt haben. Ich habe nicht geheiratet, weil mein Freund nicht aus Burma zurückkam, fragen Sie *ihn,* was er denkt«, und dabei deutete sie mit einer ruckartigen Kopfbewegung auf den jungen Soldaten, der sie eigentlich am Reden hätte hindern sollen. »Fragen Sie ihn doch, ob es ihm paßt, wenn ein paar Stinker von Bonzen ihn dazu zwingen, auf irgendeinen anderen armen Teufel zu schießen. Hören Sie sich an, was er sagt, und dann fragen Sie mich, ob ich möchte, daß man mir eine Atombombe auf den Kopf wirft, bloß, weil da ein paar steinreiche Gauner mit dem nicht zufrieden sind, was sie haben.« Damit verließ sie das Zimmer, und der Soldat folgte ihr. Mike und ich tranken ein Bier und gingen zu Bett. In der nächsten Woche waren die Schlagzeilen der Zeitungen eine Meile hoch.

U. S. HÄLT WUNDERSTRAHL UNTER VERSCHLUSS
VERFASSUNGSERGÄNZUNG
VORRATIFIZIERUNG
LAVIADA-LEKFO FREI

Wir kamen tatsächlich frei, dafür waren Bronson und der Präsident verantwortlich. Aber der Präsident und Bronson wissen sicher nicht, daß wir sofort wieder verhaftet wurden. Man sagte uns, wir würden in ›Schutzhaft‹ festgehalten werden, bis genügend Staaten die vorgeschlagene Verfassungsergänzung ratifiziert haben. Manch ›vaterlandsloser Geselle‹ befand sich auch in so etwas wie ›Schutzhaft‹. Wahrscheinlich wird man uns auf die gleiche Weise ›freilassen‹ wie sie seinerzeit.

Wir bekommen keine Zeitungen, haben kein Radio und dürfen überhaupt nicht mit anderen Leuten in Verbindung treten, und man nennt uns keine Gründe dafür, als ob das notwendig wäre. Man wird uns nie gehen lassen, und wenn sie es täten, wären sie verrückt. Die meinen, wenn wir nicht mit anderen in Verbindung treten und keine weitere Maschine bauen könnten, wären uns die Zähne gezogen, und wenn die Erregung sich erst einmal gelegt haben wird, dann wird man uns schon vergessen haben — sechs Fuß unter der Erde. Nun, eine weitere Maschine können wir nicht bauen, aber mit anderen Leuten in Verbindung treten?

Sehen Sie es doch so. Ein Soldat ist Soldat, weil er seinem Land dienen will. Ein Soldat will nicht sterben, es sei denn, sein Land befinde sich im Krieg. Und selbst dann ist der Tod nur die letzte Zuflucht. Und Krieg ist nicht mehr notwendig; nicht, seit es unsere Maschine gibt. In Finsternis? Versuchen Sie doch einmal, in absoluter Finsternis Pläne zu schmieden, und das wäre notwendig. Versuchen Sie doch, einen Krieg vorzubereiten oder durchzuführen, ohne irgend etwas schriftlich zu machen. Okay. Und nun ...

Die Armee hat Mikes Maschine. Die Armee hat Mike. Sie nennen das wahrscheinlich militärische Zweckmäßigkeit. Quatsch! Jeder, der auch nur einen Funken Verstand hat, muß einsehen, was es bedeutet, wenn man die Maschine für sich behält und sie versteckt — damit lädt man die Welt förmlich ein, anzugreifen, und zwar in Notwehr anzugreifen. Wenn jede Nation oder jeder Mann eine Maschine hätte, wäre jeder in gleicher Weise schutzlos und so in gleicher Weise geschützt. Aber wenn nur eine Nation oder nur ein Mann sehen kann, wird der Rest nicht lange bereit sein, blind zu bleiben. Vielleicht haben wir alles falsch gemacht. Wir haben, weiß Gott, oft darüber nachgedacht. Wir haben, weiß Gott, unser Bestes getan und uns bemüht, die Menschheit aus ihrer eigenen Falle herauszuholen.

Wir haben nicht mehr viel Zeit. Einer der Soldaten, die uns bewachen, wird dies zu dir schaffen, hoffentlich noch rechtzeitig.

Vor langer Zeit haben wir dir einen Schlüssel gegeben und gehofft, daß wir dich nie würden bitten müssen, ihn zu benutzen. Aber jetzt ist die Zeit gekommen. Der Schlüssel paßt in ein Schließfach in der Detroit Savings Bank. Und in diesem Schließfach liegen Briefe. Schicke sie ab, aber nicht alle gleichzeitig und nicht alle vom selben Ort aus. Sie sind an Männer auf der ganzen Welt adressiert. Männer, die wir kennen und die wir gut beobachtet haben; intelligente, ehrliche Männer, die fähig sind, den Plänen zu folgen, die wir beigelegt haben.

Aber du mußt dich beeilen! Eines schönen Tages wird jemand anfangen, darüber nachzudenken, ob wir mehr als eine Maschine gebaut haben. Das haben wir natürlich nicht. Das wäre unsinnig gewesen. Aber wenn irgendein cleverer junger Leutnant diese Maschine lange genug in die Finger bekommt, um unsere Bewegungen zurückzuverfolgen, dann werden die dieses Schließfach finden mit den Plänen und den Briefen, die nur darauf warten, verteilt zu werden. Jetzt begreifst du, weshalb das schnell gehen muß. Wenn der Rest der Welt oder irgendeine Nation genügend scharf auf diese Maschine ist, wird sie auch darum kämpfen. Das wird sie. Das muß sie! Später, wenn das Militär sich an die Maschine und ihre Möglichkeiten gewöhnt hat, wird allen klar werden, so wie es Mike und mir schon lange klar ist, daß keine Nation oder Gruppe von Nationen eine Chance im Krieg hätte, wo doch jeder Plan, sobald man ihn gefaßt hat, für alle offen steht. Wenn also ein Angriff stattfinden soll, dann muß er tödlich sein und schnell und sicher. Gebe Gott, daß wir die Welt nicht in einen Krieg hineingestoßen haben, den wir versuchten, unmöglich zu machen. Bei all den Atombomben und Raketen, die man in den letzten Jahren gebaut hat — *Joe, du mußt dich beeilen!*

HQ AN 9. ANGR GRP

melden melden melden melden melden melden melden melden

COMMAND 9. ANGR GRP AN HQ

Anfang: Kein weiteres Manuskript gefunden. Leiche Lefkos sofort nach Landung durchsucht. Gebäude drei plangemäß unberührt. Überlebende behaupten, beide seien am vergangenen Tag aus Gebäude Sieben wegen defekter Installation entfernt. Leiche von Laviada eindeutig durch Fingerabdrücke identifiziert. Erbitte weitere Instruktionen. Ende.

HQ AN COMMAND 32. RGT

Anfang: Gegend um Detroit Savings Bank abriegeln. Mitteilt sofort Zustand Schließfächer. Eintreffende technische Einheit unterstützen. Ende.

OBERSTLEUTNANT 32. RGT

Anfang: Umgebung von Detroit Savings Bank durch Direkttreffer vernichtet. Radioaktivität tödlich. Unmöglich, daß Schließfächer oder Inhalt noch intakt. Wiederhole, Direkttreffer. Erbitte Erlaubnis Washingtons. Ende.

HQ AN OBERSTLEUTNANT 32. RGT

Anfang: Antrag abgelehnt. Wenn nötig, Asche sieben, ohne Rücksicht auf Kosten. Wiederhole: ohne Rücksicht auf Kosten. Ende.

HQ AN ALLE EINHEITEN, WIEDERHOLE ALLE EINHEITEN

Anfang: Fehlen feindlichen Widerstandes erklärt fehlgeleitete Atomrakete siebzehn Meilen SSO Washington. Einzelner Überlebender, Spezialzug völlig vernichtet, behauptet alle Spitzenbeamten verließen feindliche Hauptstadt zwei Stunden vor Angriff. Lokalregierungen verständigen, soweit notwendig, und Feindseligkeiten einstellen. Areal gemäß Plan Zwei besetzen. Weitere Anweisungen folgen. Ende.

Wilmar H. Shiras

Verborgen

Peter Welles, Psychiater, musterte den Jungen nachdenklich. Warum war Timothy Paul von seiner Lehrerin zu ihm zur Untersuchung geschickt worden?

»Ich weiß selbst nicht, ob an Tim wirklich etwas nicht in Ordnung ist«, hatte Miß Page Dr. Welles erklärt. »Mir kommt er ganz normal vor. Er ist gewöhnlich recht ruhig und meldet sich in der Schule nur selten. Mit den anderen Jungen kommt er gut zurecht und scheint auch einigermaßen beliebt, obwohl er keine besonderen Freunde hat. Seine Noten sind befriedigend — eigentlich in allen Fächern. Aber wenn man so lange wie ich im Lehrberuf war, Peter, dann bekommt man da ein gewisses Gefühl. Irgend etwas an ihm wirkt angespannt — manchmal ist es ein ganz bestimmter Blick, den er hat — und er ist häufig geistesabwesend.«

»Was nehmen Sie denn an?« hatte Welles sie gefragt. Manchmal waren solche Vermutungen sehr nützlich. Miß Page hatte dreißig Jahre Lehrerfahrung. Sie hatte Peter in letzter Zeit unterrichtet, und er hielt sehr viel von ihrer Meinung.

»Eigentlich sollte ich das nicht sagen«, antwortete sie. »Das ist eigentlich überhaupt nichts Greifbares — noch nicht. Aber vielleicht fängt irgend etwas an, und wenn man das verhindern könnte . . .«

»Es werden oft Ärzte gerufen, ehe die Symptome sich genügend ausgeprägt haben«, sagte Welles. »Ein Patient oder die Mutter eines Kindes oder jeder sonstwie geübte Beobachter kann oft besser erkennen, daß sich etwas in die falsche Richtung entwickelt. Aber für den Arzt sind solche Fälle sehr schwierig. Sagen Sie mir, worauf ich achten sollte.«

»Sie werden das aber nicht zu ernst nehmen, ja? Es ist mir einfach so in den Sinn gekommen, Peter; ich weiß, daß ich nicht in Psychiatrie ausgebildet bin. Aber es könnte eine Art Größenwahn sein. Vielleicht auch der Versuch, sich aus der Gesellschaft anderer zurückzuziehen. Ich muß ihn jedenfalls meist zweimal ansprechen, bevor er mich bemerkt — und richtige Freunde hat er auch nicht.«

Welles hatte sich schließlich bereit erklärt, sich den Jungen anzusehen und versprochen, sich nicht von ›den Spinnereien einer alten Frau‹, wie Miß Page das selbst nannte, zu sehr beeinflussen zu lassen.

Als Timothy zur Untersuchung gekommen war, hatte er auf ihn den Eindruck eines ganz normalen Jungen gemacht. Er war vielleicht etwas klein für sein Alter, hatte große, dunkle Augen und kurzgeschnittenes, lockiges, dunkles Haar, dünne, feinfühlige Finger und — ja, aber es war tatsächlich so, er wirkte irgendwie angespannt. Aber viele Jungen waren nervös, wenn sie zum erstenmal einen — Psychiater aufsuchten. Peter wünschte sich oft, er könne sich auf ein oder zwei Schulen konzentrieren und einen Tag die Woche darauf verwenden, besser mit den jungen Leuten bekanntzuwerden.

Auf Welles einleitende Fragen antwortete Tim mit klarer, leiser Stimme, höflich und ohne zu viele Worte zu machen. Er war dreizehn Jahre alt und lebte bei seinen Großeltern. Seine Mutter und sein Vater waren gestorben, als er noch ein kleiner Junge gewesen war, und er konnte sich nicht an sie erinnern. Er sagte, er fühle sich zu Hause wohl und ginge auch ›recht gern‹ zur Schule und spiele gern mit anderen Jungen. Befragt, wer seine Freunde wären, benannte er einige Jungen.

»Welche Fächer magst du denn in der Schule besonders gern?«

Tim zögerte und sagte dann: »Englisch und Rechnen ... und Geschichte ... und Geographie«, schloß er dann nachdenklich. Dann blickte er auf, und an seinem Blick war etwas Seltsames.

»Was tust du denn in deiner Freizeit am liebsten?«

»Lesen und Spielen.«

»Was für Spiele?«

»Ballspiele ... und Murmeln ... und solche Sachen. Ich spiele gerne mit den anderen Jungs«, fügte er nach einer kaum wahrnehmbaren Pause hinzu, »alles, was die gern spielen.«

»Spielen sie bei dir zu Hause?«

»Nein, auf dem Schulgelände. Meine Großmutter mag keinen Lärm.«

War das der Grund? Wenn ein stiller Junge freiwillig etwas erklärt, ist es durchaus möglich, daß die Erklärung nicht stimmt.

»Was liest du denn gerne?«

In dem Punkt blieb Timothy ziemlich unbestimmt. Er lese gerne ›Bücher für Jungs‹, sagte er, konnte aber keine benennen.

Welles ließ den Jungen die üblichen Intelligenztests absolvieren. Tim schien dazu bereit, aber seine Antworten ließen ziemlich lange auf sich warten. *Vielleicht,* dachte Welles, bilde ich mir das ein, aber er ist mir einfach zu vorsichtig — zu *bedacht.* Ohne es sich genau auszurechnen, wußte Welles, was Tims IQ sein würde — etwa 120.

»Was tust du denn, wenn du nicht zur Schule gehst?« fragte der Psychiater.

»Dann spiele ich mit den anderen Jungs. Nach dem Abendessen mache ich meine Hausaufgaben.«

»Was hast du gestern gemacht?«

»Gestern spielten wir auf dem Schulspielplatz Handball.«

Welles wartete ab, ob Tim etwa aus eigenem Anstoß etwas sagen würde. Die Sekunden dehnten sich zu Minuten.

»Ist das alles?« fragte der Junge schließlich. »Darf ich jetzt gehen?«

»Noch nicht, ich würde noch gerne einen Test mit dir machen. Eigentlich ein Spiel. Hast du eine lebhafte Fantasie?«

»Ich weiß nicht.«

»Sprünge in der Decke — wie die dort oben — erinnern die dich an irgend etwas? Gesichter, Tiere oder so?«

Tim sah hin.

»Manchmal. Und auch an Wolken. Bob hat letzte Woche eine Wolke gesehen, die wie ein Nilpferd aussah.« Wieder klang jener letzte Satz wie etwas im letzten Augenblick Angeflicktes, wie ein aus ganz bestimmtem Grund angehängter Nachsatz.

Welles holte die Rorschach-Karten heraus. Als sein Patient sie sah, steigerte sich seine Spannung, und seine Vorsicht wurde unverkennbar deutlich. Als sie das erstemal das Kartenspiel durchblätterten, war der Junge kaum dazu zu überreden, irgend etwas anderes als ›Ich weiß nicht‹ zu sagen.

»Du kannst das viel besser«, sagte Welles. »Jetzt nehmen wir uns die Karten noch einmal vor. Wenn du in diesen Bildern nichts siehst, muß ich dich als Versager kennzeichnen«, erklärte er. »Das geht nicht. Bei den anderen Dingen bist du recht gut klargekommen. Vielleicht machen wir das nächstemal ein Spiel, das dir besser gefällt.«

»Ich habe jetzt keine Lust, dieses Spiel zu machen. Können wir es nicht ein andermal spielen?«

»Wir sollten es jetzt hinter uns bringen. Weißt du, es ist nicht nur ein Spiel, Tim, es ist ein Test. Gib dir mehr Mühe, dann geht es schon.«

Also erklärte Tim diesesmal, was er in den Tintenklecksen sah. Sie gingen die Karten langsam durch, und der Test zeigte Tims Angst und daß es da irgend etwas geben mußte, das er verbarg; das war aber nur aus seiner übertriebenen Vorsicht zu schließen und auch daran zu bemerken, daß er ganz offenkundig dem Psychiater nicht vertraute und eine ungewöhnlich hohe emotionelle Selbstkontrolle an den Tag legte.

Miß Page hatte recht gehabt; der Junge brauchte Hilfe.

»So«, meinte Welles vergnügt, »das hätten wir. Wir gehen es nur noch einmal ganz schnell durch, und dann sage ich dir, was andere Leute aus den Karten herausgelesen haben.«

Einen Augenblick lang hatte er den Eindruck, als leuchtete in den Augen des Jungen echtes Interesse auf.

Welles ging die Karten langsam durch, insbesondere, als er bemerkte, daß Tim auf jedes Wort achtete. Als er das erstemal sagte: »Manche Leute sehen das genauso wie du«, war die Erleichterung des Jungen offenkundig. Tim begann sich zu lockern und von sich aus einige Bemerkungen zu machen. Als sie mit den Karten fertig waren, stellte er eine Frage.

»Dr. Welles, könnten Sie mir den Namen dieses Tests sagen?«

»Manchmal nennt man das den Rorschach-Test, nach dem Mann, der ihn entwickelt hat.«

»Würden Sie mir das bitte buchstabieren?«

Das tat Welles und fügte dann hinzu: »Manchmal nennt man ihn auch den Tintenklecks-Test.«

Tim zuckte überrascht zusammen und riß sich dann mit sichtlicher Mühe zusammen.

»Was ist denn? Du bist zusammengezuckt.«

»Nichts.«

»Ach, was soll das? Raus damit!« Welles wartete.

»Nur weil ich über den Tintenteich in den Kipling-Geschichten nachgedacht habe«, sagte Tim, nachdem er eine Weile überlegt hatte. »Das hier ist anders.«

»Ja, sehr«, lachte Welles. »Ich habe das nie versucht. Würdest du das gerne?«

»O nein, Sir«, rief Tim ernst.

»Du bist heute etwas nervös«, sagte Welles. »Wir haben noch Zeit, uns etwas zu unterhalten, wenn du nicht zu müde bist.«

»Nein, ich bin nicht müde«, sagte der Junge vorsichtig.

Welles trat an einen Schrank und holte eine Spritze aus einer Schublade. Üblicherweise tat man das nicht, aber vielleicht ... »Ich gebe dir bloß eine Spritze, damit deine Nerven sich etwas entspannen, ist dir das recht? Dann geht es leichter.«

Als er sich umdrehte, blickte ihm aus den Augen des Kindes das nackte Entsetzen entgegen.

»O nein, nicht! Bitte, bitte nicht!«

Welles legte die Spritze wieder an ihren Platz und schloß die Schublade, ehe er etwas sagte.

»Ich tu' es ja nicht«, sagte er ruhig. »Ich habe nicht gewußt, daß du Spritzen nicht magst. Ich gebe dir keine, Tim.«

Der Junge, der immer noch um seine Fassung kämpfte, schluckte und sagte nichts.

»Es ist schon gut«, sagte Welles, zündete sich eine Zigarette an und tat so, als sähe er dem aufsteigenden Rauch nach. Er durfte jetzt unter keinen Umständen den Anschein erwecken, als beobachte er den verstörten Jungen, der ihm gegenüber saß und beinahe zitterte. »Tut mir leid. Du hast mir nicht erzählt, was du nicht magst und wovor du Angst hast.«

Die Worte hingen in dem nun folgenden Schweigen.

»Ja«, sagte Timothy endlich langsam. »Ich habe Angst vor Spritzen. Ich hasse Nadeln. Da kann man nichts machen.« Er versuchte zu lächeln.

»Dann werden wir ohne sie auskommen. Du hast sämtliche Tests bestanden, Tim, und ich würde gerne mit dir nach Hause gehen und deiner Großmutter davon erzählen. Ist dir das recht?«

»Ja, Sir.«

»Unterwegs essen wir eine Kleinigkeit«, fuhr Welles fort und öffnete seinem Patienten die Tür. »Ein Eis vielleicht oder ein Würstchen.«

Sie gingen zusammen hinaus.

Timothy Pauls Großeltern, Mr. und Mrs. Herbert Davis, wohnten in einem großen altmodischen Haus, das nach Geld und Einfluß roch. Das Grundstück war groß und eingezäunt und ringsum von gepflegten Büschen umgeben. Im Innern des Hauses gab es wenig Neues, und alles wirkte sehr gepflegt. Timothy führte den Psychiater in Mr. Davis' Bibliothek und ging dann seine Großmutter suchen.

Als Welles Mrs. Davis sah, glaubte er einen Teil der Erklärung zu haben. Manche Großmütter sind gelockert, vergnügt und vergleichsweise jung. Diese Großmutter war, wie sich bald zeigte, ganz anders.

»Ja, Timothy ist schon ein guter Junge«, sagte sie und lächelte ihrem Enkel zu. »Wir sind immer streng mit ihm gewesen, Dr. Welles, aber ich glaube, das zahlt sich aus. Selbst als er noch ein Baby war, versuchten wir ihm beizubringen, was sich gehört. Zum Beispiel, als er gerade drei Jahre alt geworden war, las ich ihm gelegentlich Märchen vor. Und ein paar Tage später wollte er uns vormachen, ob Sie's glauben oder nicht, daß er sie selbst lesen konnte! Vielleicht war er noch zu jung, um zu wissen, was eine Lüge ist. Aber ich fand, daß es meine Pflicht war, ihm das klarzumachen. Als er darauf beharrte, schlug ich ihn. Das Kind hatte ein erstaunliches Gedächtnis, und vielleicht dachte es, das sei alles, worauf es beim Lesen auch ankäme. Nun! Ich will nicht mit meiner Brutalität prahlen«, sagte Mrs. Davis mit einem bezaubernden Lächeln. »Ich kann Ihnen versichern, Dr. Welles, daß es für mich ein sehr schmerzliches Erlebnis war. Wir hatten sehr wenig Anlaß zur Strafe. Timothy ist ein guter Junge.«

Welles murmelte, daß er davon überzeugt wäre.

»Timothy, du kannst jetzt deine Zeitungen austragen«, sagte Mrs. Davis. »Ich bin sicher, daß es Dr. Welles recht sein wird.« Und damit machte sie es sich für ein gutes langes Gespräch über ihren Enkel bequem.

Timothy war, wie es schien, so etwas wie ihr Augapfel. Er

war ein stiller Junge, ein gehorsamer Junge und ein kluger Junge.

»Wir haben natürlich unsere Regeln. Ich habe Timothy immer eingeschärft, daß man Kinder nur sehen, aber nicht hören dürfe, wie es in dem altmodischen Sprichwort heißt. Als er als Drei- oder Vierjähriger lernte, Rad zu schlagen, kam er immer wieder zu mir und sagte: ›Großmutter, schau mich an!‹ Ich mußte einfach streng mit ihm sein. ›Timothy‹, sagte ich, ›hör auf damit! Das ist einfach nur Prahlerei. Wenn es dir Spaß macht, Rad zu schlagen, nun gut, aber mir macht es keinen Spaß, dir endlos dabei zuzusehen. Spiel ruhig, wenn du magst, aber verlange keine Bewunderung.‹«

»Haben Sie nie mit ihm gespielt?«

»Sicher habe ich mit ihm gespielt. Es hat mir auch Freude bereitet. Wir — Mr. Davis und ich — haben ihm eine Menge Spiele beigebracht und alle möglichen Fertigkeiten. Wir haben ihm Märchen vorgelesen und ihm Gedichte und Lieder beigebracht. Ich habe sogar einen speziellen Kindergartenkurs gemacht, um dem Kind Freude zu machen — und ich muß zugeben, daß es mir auch Freude machte!« fügte Tims Großmutter hinzu und lächelte dann in der Erinnerung. »Wir haben aus Zahnstochern mit kleinen Tonbällchen an den Ecken Häuser gebaut. Sein Großvater hat Spaziergänge mit ihm gemacht oder hat ihn mit dem Wagen mitgenommen. Heute haben wir keinen Wagen mehr, weil mein Mann nicht mehr so gut sieht, und deshalb ist die Garage heute Timothys Werkstatt. Wir haben Fenster einsetzen lassen und eine Tür und das Tor zugenagelt.«

Bald stellte sich heraus, daß Tims Leben keineswegs nur aus Verboten und Strenge bestand. Er hatte seine eigene Werkstatt und im Obergeschoß neben seinem Schlafzimmer eine eigene kleine Bibliothek und ein Arbeitszimmer.

»Dort bewahrt er seine Bücher und Schätze auf«, sagte seine Großmutter, »sein eigenes kleines Radio und seine Schulbücher und seine Schreibmaschine. Er war erst sieben, als er uns um eine Schreibmaschine bat. Aber er ist ein sehr sorgsames Kind, Dr. Welles, gar nicht destruktiv, und ich hatte gelesen, daß man in vielen Schulen Kindern Schreibmaschinen gibt, um sie Lesen und Schreiben zu lehren. Die Wörter sehen genauso aus wie in gedruckten Büchern, wissen Sie, und es kostet weniger Muskelkraft. Also kaufte ihm sein Großvater eine schöne, leise Schreibmaschine, und er liebt sie heiß. Ich höre sie oft summen, wenn ich durch den Korridor gehe. Timothy hält seine Zimmer hübsch in Ordnung und seine Werkstatt auch. Das ist sein eigener Wunsch. Sie wissen ja, wie Jungen sind — sie mögen es nicht, wenn andere sich in ihre Sachen mischen. ›Also gut, Timothy‹, habe ich zu ihm gesagt, ›wenn ich sehe, daß du es selbst richtig machst, wird niemand deine Zimmer betreten; aber du mußt sie sauber halten.‹ Und das tut er jetzt schon seit einigen Jahren. Ein sehr ordentlicher Junge, unser Timothy.«

»Timothy hat gar nicht erwähnt, daß er Zeitungen austrägt«, meinte Welles. »Er sagte nur, er würde mit den anderen Jungs nach der Schule spielen.«

»O ja, das tut er«, sagte Mrs. Davis. »Er spielt bis fünf, und dann trägt er seine Zeitungen aus. Wenn er sich verspätet, geht sein Großvater ihm entgegen und ruft ihn. Die Schule ist nicht weit von hier, und Mr. Davis geht oft hin und sieht den Kindern beim Spielen zu. Mit den Zeitungen verdient Timothy sich das Geld, um seine Katzen zu füttern. Mögen Sie Katzen, Dr. Welles?«

»Ja, sehr«, sagte der Psychiater. »Viele Jungen mögen aber lieber Hunde.«

»Timothy hatte als Baby einen Hund — einen Collie.« Ihre Augen waren feucht. »Wir haben Ruff alle geliebt. Aber ich bin nicht mehr die Jüngste, und ein Hund macht viel Arbeit. Timothy ist die meiste Zeit in der Schule oder im Pfadfinderlager oder so etwas, und ich fand, es wäre am besten, ihm keinen Hund mehr zu geben. Aber Sie wollten etwas über unsere Katzen hören, Dr. Welles. Ich züchte Siamesen-Katzen.«

»Sehr interessante Tierchen«, sagte Welles freundlich. »Meine Tante hat auch welche gezüchtet.«

»Timothy mag sie sehr gern. Aber vor etwa drei Jahren bat er mich, ob er ein Paar schwarze Perserkatzen haben könnte. Zuerst war ich dagegen, aber wir wollten dem Kind eine Freude machen, und er hat versprochen, selbst die Käfige zu bauen. Er hatte in einem Feriencamp einen Tischlerkurs mitgemacht. Also erlaubten wir ihm ein Paar wunderschöne schwarzer Perserkatzen. Als dann das erstemal Junge kamen, waren sie kurzhaarig, und Timothy gestand, daß er seine Kätzin mit meinem Siamesenkater gekreuzt hatte, um zu sehen, was herauskommen würde. Und was noch schlimmer ist, er hatte auch seinen Kater mit einer meiner Siamesen gekreuzt. Ich war stark versucht, ihn zu bestrafen. Aber ich erkannte natürlich, daß er sich für die Ergebnisse solcher Kreuzungen interessierte. Natürlich sagte ich, daß die Jungen getötet werden müßten. Der zweite Wurf war genauso wie der erste — alle schwarz und kurzhaarig. Aber Sie wissen ja, wie Kinder sind. Timothy bettelte darum, sie leben zu lassen, und sie waren schließlich seine ersten jungen Kätzchen. Drei in dem einen Wurf, zwei in dem anderen. Ich sagte, er dürfe sie behalten, wenn er sich um sie kümmern und für alle Kosten aufkommen würde. Da ging er Rasenmähen und übernahm kleine Aufträge und tischlerte kleine Schemel und Bücherregale, die er verkaufte. Alles mögliche tat er, und sein Taschengeld hat er wahrscheinlich auch noch hergenommen. Aber er behielt die Kätzchen, und jetzt hat er eine ganze Reihe Käfige im Hof neben seiner Werkstätte.«

»Und die Jungen?« fragte Welles, der nicht ganz begriff, was all das mit der eigentlichen Frage zu tun hatte. Aber er war bereit, sich alles anzuhören, das ihm vielleicht weitere Informationen einbringen konnte.

»Einige der Kätzchen scheinen reine Perser und andere reine Siamesen zu sein. Er bestand darauf, diese zu behalten, obwohl ich ihm erklärt hatte, daß es unehrenhaft wäre, sie zu verkaufen, da sie ja nicht reinrassig sind. Eine Menge der Kätzchen sind schwarz und kurzhaarig, und die töten wir. Aber genug von Katzen, Dr. Welles. Ich fürchte, ich rede zuviel von meinem Enkel.«

»Ich verstehe, daß Sie sehr stolz auf ihn sind«, sagte Welles.

»Ich muß gestehen, daß wir das sind. Er ist auch ein sehr kluger Junge. Wenn er und sein Großvater sich unterhalten, und auch wenn er mit mir spricht, stellt er sehr intelligente Fragen. Wir ermuntern ihn nicht gerade dazu, seine Meinung auszusprechen — ich mag diese altklugen kleinen Jungen nicht —, aber ich glaube, daß er für ein Kind seines Alters eine recht reife Meinung hat.«

»War sein Gesundheitszustand immer gut?« fragte Welles.

»Insgesamt ja. Ich habe ihm beigebracht, wie wichtig reichliche Bewegung, Spiel, kräftige Nahrung und genügend Schlaf sind. Er hatte ein paar der üblichen Kinderkrankheiten, aber nichts Ernstes. Er erkältet sich nie. Aber er läßt sich natürlich zweimal im Jahr gegen Erkältung impfen, so wie wir auch.«

»Machen ihm die Spritzen etwas aus?« fragte Welles so beiläufig er konnte.

»Gar nicht. Ich sage immer, daß er uns, so jung er ist, ein Beispiel gibt, dem ich manchmal nur schwer folgen kann. Ich zucke immer noch zurück und muß gestehen, daß ich ziemliche Angst habe.«

Welles blickte zur Tür, wo er plötzlich ein leises Geräusch gehört hatte.

Timothy stand dort. Er hatte gehört, was seine Großmutter gesagt hatte. Wieder stand die Angst in seinem Gesicht.

»Timothy«, sagte seine Großmutter, »du darfst Dr. Welles nicht so anstarren.«

»Entschuldigen Sie, Sir«, brachte der Junge hervor.

»Hast du deine Zeitungen schon alle ausgetragen? Jetzt habe ich gar nicht bemerkt, daß wir eine Stunde miteinander geredet haben, Dr. Welles. Würden Sie gerne Timothys Katzen sehen?« erkundigte sich Mrs. Davis freundlich. »Timothy, zeig Dr. Welles deine Tiere. Wir haben uns lang über sie unterhalten.«

Welles verließ mit Tim das Zimmer, so schnell er konnte. Der Junge ging voraus um das Haus herum und führte ihn in den Hof, wo die ehemalige Garage stand.

Dort blieb der Arzt stehen.

»Tim«, sagte er, »du brauchst mir die Katzen nicht zu zeigen, wenn du nicht willst.«

»Oh, das ist schon in Ordnung.«

»Ist das ein Teil von dem, was du versteckst? Wenn ja, dann möchte ich es lieber nicht sehen, bis du selbst so weit bist, daß du es mir zeigen möchtest.«

Jetzt blickte Tim zu ihm auf.

»Danke«, sagte er. »Das mit den Katzen macht mir nichts aus. Nicht, wenn Sie wirklich Katzen mögen.«

»Ja, ich mag sie. Aber, Tim, ich möchte jetzt wirklich etwas wissen: Du hast keine Angst vor Spritzen. Könntest du mir sagen, warum du Angst ... warum du sagtest, daß du Angst hättest, als ich dir die Spritze geben wollte? Die ich dir dann doch nicht gab.«

Ihre Blicke begegneten sich.

»Sie sagen es nicht weiter?«

»Das verspreche ich.«

»Weil es Pentothal war. War es das nicht?«

Welles mußte sich erst selbst einreden, daß er wach war und nicht schlief. Ja, das war ein kleiner Junge, der ihn nach Pentothal fragte. Ein Junge, der — ja, ganz offensichtlich, ein Junge, der darüber Bescheid wußte.

»Das war es«, sagte Welles. »Eine ganz kleine Dosis. Weißt du, was es ist?«

»Ja, Sir. Ich ... ich habe davon gelesen. In einer Zeitung.«

»Schon gut. Du hast ein Geheimnis — etwas, das du verbergen willst. Das ist es doch, wovor du Angst hast, nicht wahr?«

Der Junge nickte stumm.

»Wenn es etwas Unrechtes ist oder etwas, das unrecht sein könnte, dann könnte ich dir vielleicht helfen. Aber vorher willst du mich natürlich besser kennenlernen. Du willst sicher sein, daß du mir vertrauen kannst. Ich helfe dir jederzeit gerne, du brauchst es nur zu sagen, Tim. Sonst stoße ich vielleicht zufällig auf Dinge, so wie es jetzt gerade war. Aber eines mußt du wissen — wenn mir jemand etwas Geheimes sagt, sage ich es nie weiter.«

»Nie?«

»Nie. Ärzte und Priester verraten keine Geheimnisse. Ärzte selten, Priester nie. Wahrscheinlich bin ich eher so etwas wie ein Priester, wegen der Art von Arbeit, die ich tue.«

Er blickte auf den gesenkten Kopf des Jungen hinunter.

»Indem ich Leuten helfe, die solche Angst haben, daß es sie krank macht«, sagte der Psychiater ganz leise. »Indem ich Leuten helfe, die Schwierigkeiten haben; Dinge wieder gerade rücke, Dinge, die durcheinander geraten sind, entwirre. Wenn ich kann — das ist meine Arbeit. Und ich sage nie jemandem etwas. Das ist dann immer nur zwischen dem Betreffenden und mir.«

Aber, fügte er sich in Gedanken hinzu, *ich muß es herausfinden. Ich muß herausfinden, was dieses Kind plagt. Miß Page hat recht — er braucht mich.*

Sie gingen zu den Katzen.

Da waren die Siamesen in ihren Käfigen, und die Perserkatzen in ihren Käfigen, und in einigen kleinen Käfigen die kurzhaarigen, schwarzen Katzen und ihre Jungen. »Wir tragen sie ins Haus oder lassen sie in diesem großen Käfig, wo sie sich bewegen können«, erklärte Tim. »Ich nehme die meinen manchmal mit in meine Werkstatt. Die hier gehören alle mir. Großmutter hält die ihren auf der Sonnenterrasse.«

»Man würde nie auf die Idee kommen, daß das nicht alles reinrassige Tiere sind«, meinte Welles. »Wo sind die echten Perser? Sind irgendwelche von ihren Jungen hier?«

»Nein; die habe ich verkauft.«

»Ich würde gern eine kaufen. Aber die hier sehen ganz genauso aus — für mich würde das keinen Unterschied machen. Ich möchte einfach ein Haustier und würde es nie zur Zucht benutzen. Würdest du mir eine von diesen hier verkaufen?«

Timothy schüttelte den Kopf.

»Tut mir leid, ich verkaufe nur reinrassige.«

In diesem Augenblick begann Welles zu erkennen, mit was für einem Problem er zu tun hatte. Ganz vage sah er es, erfreut und erleichtert, und mit etwas Hoffnung und Begeisterung.

»Warum nicht?« drängte Welles. »Ich kann natürlich auf ein reinrassiges Tier warten, wenn dir das lieber ist. Aber warum nicht eine von diesen hier? Sie sehen ganz genauso aus. Vielleicht wären sie interessanter.«

Tim sah Welles an. Es war ein langer, langer Blick.

»Ich zeige es Ihnen«, sagte er. »Versprechen Sie mir, hier zu warten? Nein, ich zeige Ihnen die Werkstatt. Warten Sie bitte einen Augenblick.«

Der Junge zog einen Schlüssel unter der Bluse hervor, der ihm an einer Kette um den Hals hing. Er öffnete die Tür, ging hinein, schloß sie, und Welles konnte ein paar Augenblicke lang hören, wie er drinnen herumhantierte. Dann kam er an die Tür und winkte.

»Sagen Sie Großmutter nichts«, bat Tim. »Ich habe es ihr noch nicht gesagt. Wenn es durchkommt, werde ich es ihr nächste Woche sagen.«

In der Ecke stand eine Schachtel unter einem Tisch, und in der Schachtel lag eine Siamesenkatze. Als sie sah, daß ein Fremder eingetreten war, versuchte sie, ihre Jungen zu verbergen, aber Tim hob sie vorsichtig an, und dann sah Welles, was er ihm zeigen wollte. Zwei der Kätzchen sahen wie kleine weiße Ratten aus, mit dünnen Schwänzen und winzigen Pfötchen, Ohren und Nase. Aber das dritte — ja, das würde ganz anders aussehen. Wenn es durchkam, würde es eine wunderschöne Katze werden. Es hatte langes, seidig weißes Haar, wie die schönste Angorakatze, die man sich vorstellen konnte, aber auch die Rassemerkmale der Siamesen waren deutlich zu erkennen.

Welles hielt den Atem an.

»Gratuliere, Junge! Hast du das noch niemandem gesagt?«

»Sie ist noch nicht so weit, daß man sie zeigen kann. Sie ist noch keine Woche alt.«

»Aber du wirst sie zeigen?«

»O ja, Großmutter wird begeistert sein. Sie wird sie gern haben wollen. Vielleicht bekommen wir noch mehr davon.«

»Du hast gewußt, daß das passieren würde. Du hast dafür gesorgt, daß es passieren würde. Du hast das von Anfang an so geplant«, bedrängte ihn Welles.

»Ja«, gab der Junge zu.

»Woher hast du das gewußt?«

Der Junge wandte sich ab.

»Ich habe es irgendwo gelesen«, sagte Tim.

Die Katze sprang wieder in die Schachtel zurück und begann, ihre Jungen zu säugen. Welles hatte das Gefühl, das nicht länger ertragen zu können. Ohne auf irgend etwas anderes im Raum einen Blick zu werfen — und alles andere war ohnehin unter Planen und Zeitungen versteckt —, ging er zur Tür.

»Danke, daß du mir das gezeigt hast, Tim«, sagte er. »Und denk an mich, wenn du welche zu verkaufen hast. Ich warte. Ich möchte eine wie diese.«

Der Junge folgte ihm nach draußen und schloß die Tür sorgfältig ab.

»Aber Tim«, sagte der Psychiater, »das ist es nicht, was ich nicht herausfinden sollte. Ich würde doch keine Drogen brauchen, um dich dazu zu bringen, mir das zu sagen, oder?«

Tim antwortete vorsichtig: »Ich wollte davon noch nichts sagen. Großmutter sollte das wirklich als erste erfahren. Aber Sie haben mich dazu gebracht, daß ich es Ihnen sagte.«

»Tim«, sagte Peter Welles ernst, »wir sehen uns bald wieder. Was immer es auch ist, vor dem du Angst hast, hab' vor mir keine Angst. Ich errate oft Geheimnisse. Ich bin bereits nahe daran, deines zu erraten. Aber sonst braucht das niemand zu erfahren.«

Er ging schnell nach Hause und pfiff dabei hin und wieder vor sich hin. Vielleicht war er, Peter Welles, der glücklichste Mensch auf der Welt.

Als der Junge das nächstemal zu ihm kam, hatte er gerade angefangen, mit ihm zu sprechen, als das Telefon im Korridor klingelte. Als er wieder zurückkam und die Tür öffnete, sah er, daß Tim ein Buch in der Hand hielt. Der Junge machte Anstalten, es zu verstecken, überlegte es sich dann aber anders.

Welles nahm das Buch und sah es an.

»Du willst mehr über Rorschach wissen, wie?« fragte er.

»Ich habe es auf dem Regal gesehen. Ich . . .«

»Oh, schon gut«, sagte Welles, der das Buch absichtlich neben dem Stuhl liegengelassen hatte, auf dem Tim sich setzen würde. »Ist in der Bibliothek nichts darüber zu finden?«

»Die haben schon Bücher darüber, aber die stehen in den abgeschlossenen Regalen, wo ich nicht an sie heran kann.« Tim hatte das gesagt, ohne nachzudenken, und sah Welles jetzt schuldbewußt an.

Doch der meinte ruhig: »Ich besorge es dir. Nächstesmal, wenn du herkommst, kannst du es haben. Heute kannst du ja dieses hier mitnehmen. Tim, ich meine das wirklich ehrlich — du kannst mir vertrauen.«

»Ich kann Ihnen gar nichts sagen«, meinte der Junge. »Sie haben da einiges herausgefunden. Ich wollte . . . oh, ich weiß nicht, was ich will! Aber es wäre mir lieber, wenn man mich alleine lassen würde. Ich brauche keine Hilfe. Vielleicht werde ich nie welche brauchen. Wenn doch, kann ich dann zu Ihnen kommen?«

Welles zog sich einen Stuhl heran und setzte sich langsam.

»Vielleicht wäre das das Beste, Tim. Aber warum abwarten, bis die Axt fällt? Ich könnte dir helfen, sie abzuwehren — das abzuwehren, wovor du Angst hast. Was die Katzen betrifft, kannst du die Leute täuschen; du kannst ihnen sagen, du hättest einfach nur herumexperimentiert, um zu sehen, was passieren würde. Aber du kannst nicht die ganze Zeit alle Leute täuschen, die sagen es mir. Vielleicht könntest du das, wenn ich dir helfen würde. Oder wenn ich dich unterstützte, dann wäre der Knall vielleicht nicht so schlimm. Auch für deine Großeltern wäre das leichter.«

»Ich habe doch nichts Unrechtes getan!«

»Langsam glaube ich das wirklich, aber es könnten Dinge ans Licht kommen, die du versuchst verborgen zu halten. Das Kätzchen — du könntest es verstecken, aber das willst du ja gar nicht. Du mußt etwas riskieren, um es zu zeigen.«

»Ich werde ihnen sagen, daß ich das irgendwo gelesen habe.«

»Das war also die Unwahrheit, das habe ich mir gedacht. Du hast es dir selbst zusammengereimt.«

Schweigen.

Dann sagte Timothy Paul: »Ja, ich habe es mir ausgedacht. Aber das ist mein Geheimnis.«

»Bei mir ist dein Geheimnis sicher.«

Aber der Junge vertraute ihm nicht. Welles bemerkte bald, daß er auf die Probe gestellt worden war. Tim nahm das Buch mit nach Hause und brachte es zurück, nahm die Bücher aus der Bibliothek, die Welles ihm besorgte und brachte die nach einiger Zeit ebenfalls zurück. Aber er redete wenig und blieb verschlossen. Welles konnte reden, so viel er wollte, er bekam aus Tim wenig oder gar nichts heraus. Tim hatte ihm alles gesagt, was er ihm sagen würde. Er redete über nichts mit Ausnahme der Dinge, über die jeder Junge zu reden pflegte.

Nach zwei Monaten, in denen Welles Tim einmal die Woche offiziell und einige Male inoffiziell sah — indem er nämlich am Schulspielplatz auftauchte, um den Kindern zuzusehen oder Tim beim Zeitungsaustragen begegnete und ihn nachher zu einer Limonade einlud —, hatte Welles nur wenig mehr in Erfahrung gebracht. Er versuchte es erneut. Während der zwei Monate hatte er nicht gebohrt, hatte das Schweigen des Jungen respektiert und versucht, ihm Zeit zu lassen, ihn kennen und ihm vertrauen zu lernen.

Aber eines Tages fragte er: »Was wirst du machen, wenn du einmal erwachsen bist, Tim? Katzen züchten?«

Tim lachte.

»Ich weiß noch nicht. Ich denke manchmal dies und manchmal das.«

Das war eine typische Jungenantwort. Welles ging nicht darauf ein.

»Was würdest du am liebsten tun?« fragte er.

Tim lehnte sich eifrig vor. »Das, was Sie tun!« rief er.

»Du hast vermutlich darüber gelesen«, sagte Welles, so beiläufig er konnte. »Dann weißt du vielleicht auch, daß man, ehe man das tun kann, was ich tue, es selbst wie ein Patient erleben muß. Er muß auch Medizin studieren und muß natürlich ein richtiger Arzt sein. Das kannst du noch nicht. Aber du kannst es jetzt wie ein Patient erleben.«

»Warum? Nur, um es einmal zu erleben?«

»Ja. Und auch, weil es hilft. Du müßtest der Angst ins Auge sehen und mit ihr fertig werden. Du wirst eine Menge anderer Dinge geradebiegen müssen oder sie zumindest akzeptieren.«

»Wenn ich erwachsen bin, wird auch meine Angst weg sein«, sagte Timothy. »Das glaube ich wenigstens. Ich hoffe das.«

»Bist du sicher?«

»Nein«, gab der Junge zu. »Ich weiß nicht genau, warum ich Angst habe. Ich weiß es nur. Ich *muß* die Dinge verstecken. Ist das auch schlecht?«

»Gefährlich ist es vielleicht.«

Timothy überlegte eine Weile schweigend. Welles rauchte drei Zigaretten und wäre gerne auf und ab gegangen, wagte aber nicht, sich zu bewegen.

»Wie wäre es denn?« fragte Tim am Ende.

»Du würdest mir über dich erzählen. Woran du dich erinnerst. Deine Kindheit — so wie deine Großmutter, wenn sie über dich redet.«

»Sie hat mich aus dem Zimmer geschickt. Ich soll nicht glauben, daß ich intelligent bin«, sagte Tim und grinste, etwas, das bei ihm sehr selten war.

»Und du sollst wohl auch nicht wissen, wie gut sie dich aufgezogen hat?«

»Sie hat es sehr gut gemacht«, sagte Tim. »Sie hat mir die klügsten Dinge beigebracht, die ich kenne.«

»Was denn zum Beispiel?«

»Zum Beispiel, daß man den Mund hält. Daß man nicht alles sagen soll, was man weiß. Daß man nicht prahlen soll.«

»Ich verstehe, was du meinst«, sagte Welles. »Hast du je die Geschichte vom heiligen Thomas von Aquin gehört?«

»Nein.«

»Als er als Student in Paris war, hat er in der Schule nie etwas gesagt, und die anderen hielten ihn für dumm. Einer von ihnen erbot sich sogar freundlicherweise, ihm zu helfen und ging alle Arbeiten sehr geduldig mit ihm durch, damit er sie verstehen lernen sollte. Und dann kamen sie eines Tages zu einer Stelle, wo der andere Student völlig durcheinander geriet und zugeben mußte, daß er sie selbst nicht begriff. Da schlug Thomas eine Lösung vor, und es war die richtige. Er wußte die ganze Zeit mehr als irgendeiner der anderen, aber sie nannten ihn den dummen Ochsen.«

Tim nickte ernst.

»Und als er erwachsen war?« fragte der Junge.

»Er war der größte Denker aller Zeiten«, sagte Welles. »Ein Superhirn aus dem vierzehnten Jahrhundert. Er hat mehr philosophische Grundlagenarbeit geleistet als zehn andere Philosophen zusammengenommen; und er ist ganz jung gestorben.«

Von diesem Tag an war es leichter.

»Wie soll ich anfangen?« fragte Timothy.

»Am besten ganz vorne. Erzähle mir alles über deine frühe Kindheit, woran du dich erinnern kannst, ehe du zur Schule kamst.«

Tim überlegte.

»Ich muß häufig vor und zurück springen«, sagte er dann. »Ich könnte nicht alles der Reihe nach erzählen.«

»Schon gut. Erzähle mir heute einfach alles, woran du dich aus dieser Zeit deines Lebens erinnern kannst. Bis nächste Woche erinnerst du dich bestimmt an mehr. Und wenn wir dann auf spätere Perioden deines Lebens eingehen, erinnerst du dich vielleicht an Dinge, die in einen früheren Zeitabschnitt gehören, die kannst du mir ja dann erzählen. Irgendwie bringen wir schon Ordnung hinein.«

Welles hörte sich die Schilderung des Jungen mit wachsender Erregung an. Es fiel ihm schwer, nach außen hin die Ruhe zu bewahren.

»Wann hast du mit Lesen angefangen?« fragte Welles.

»Ich weiß nicht, wann das war. Meine Großmutter las mir Geschichten vor, und irgendwie kam ich auf die Idee — über die Worte. Aber als ich ihr klarzumachen versuchte, daß ich lesen konnte, schlug sie mich. Sie sagte immer wieder, daß ich das nicht könnte, und ich sagte immer wieder, ich könnte es doch, bis sie mich dann wieder schlug. Eine Weile war das eine schreckliche Zeit für mich, weil ich kein Wort kannte, das sie mir nicht vorgelesen hatte — ich denke, ich saß neben ihr und sah zu, oder ich habe es mir gemerkt und es mir nachher alleine angesehen. Ich muß es sofort gelernt haben, als mir die Idee gekommen war, daß jede Buchstabengruppe auf der Seite ein Wort darstellte.«

»Die Ganzheitsmethode«, meinte Welles. »Die meisten, die sich das Lesen selbst beigebracht haben, lernten es so.«

»Ja. Davon habe ich inzwischen auch gelesen. Und Macaulay konnte als Dreijähriger lesen, aber nur verkehrt herum, weil er immer seinem Vater gegenüberstand, als der der Familie aus der Bibel vorlas.«

»Es gibt viele Fälle von Kindern, die so wie du das Lesen gelernt haben, und ihre Eltern überraschten. Nun? Wie ging es dann weiter?«

»Eines Tages fiel mir auf, daß zwei Worte fast gleich aussahen und auch fast gleich klangen. Das waren die Worte ›kann‹ und ›man‹. Ich erinnere mich noch gut, wie ich sie anstarrte, und dann war es, als ob etwas Schönes sich in mir entfaltete. Ich begann, mir die Worte sorgfältig anzusehen, aber ganz aufgeregt, wie verrückt. Das machte ich ziemlich lange, denn als ich das Buch hinlegte und aufzustehen versuchte, war ich ganz steif. Aber dann hatte ich die Idee, und nachher war es nicht mehr schwierig, fast alle Worte zu begreifen. Die wirklich schwierigen Worte sind die geläufigen, die man die ganze Zeit in einfachen Büchern findet. Andere Worte werden so ausgesprochen, wie man sie schreibt.«

»Und niemand wußte, daß du lesen konntest?«

»Nein. Großmutter hat mir gesagt, ich dürfe das nicht sagen, also tat ich es auch nicht. Sie las mir oft vor, und das half. Wir hatten natürlich viele Bücher. Die mit Bildern mochte ich am liebsten. Ein paarmal erwischten sie mich mit einem Buch, in dem keine Bilder waren, und dann nahmen sie es mir weg und sagten: ›Ich suche dir lieber ein Buch für einen kleinen Jungen.‹«

»Erinnerst du dich noch daran, was für Bücher du damals mochtest?«

»Bücher über Tiere, daran erinnere ich mich. Und Geographie. Das mit den Tieren war komisch . . .«

Sobald man Timothy einmal in Gang gesetzt hatte, dachte Welles, war es nicht schwierig, ihn zum Weiterreden zu bewegen.

»Eines Tages war ich im Zoo«, sagte Tim, »ich war ganz alleine bei den Käfigen. Großmutter ruhte sich auf einer Bank aus und ließ mich alleine herumgehen. Die Leute redeten über die Tiere, und ich fing an, ihnen alles zu sagen, was ich wußte. Irgendwie muß das sehr komisch gewesen sein, weil ich eine Menge Wörter gelesen hatte, die ich nicht richtig aussprechen konnte, Wörter, die ich noch nie gehört hatte. Sie hörten mir zu und stellten mir Fragen, und ich dachte, ich wäre wie Großvater, und belehrte sie, so wie er mich manchmal belehrte. Und dann riefen sie einen anderen Mann herbei und sagten: ›Hören Sie sich diesen Jungen an; der ist das Letzte!‹, und ich merkte, daß alle mich auslachten.«

Timothys Gesicht war röter als gewöhnlich, aber er versuchte zu lächeln, als er hinzufügte: »Ich begreife jetzt, daß es damals komisch geklungen haben muß. Und unerwartet auch; das ist etwas sehr Wichtiges beim Humor. Aber meine Gefühle waren so schrecklich verletzt, daß ich weinend zu meiner Großmutter rannte, und sie wußte nicht, weshalb ich weinte. Aber es geschah mir auch ganz recht, weil ich ihr nicht gehorcht hatte. Sie sagte mir immer, ich solle den Leuten nichts erzählen; sie sagte, ein Kind hätte ältere Leute nichts zu lehren.«

»Auf diese Weise vielleicht nicht — in diesem Alter.«

»Aber ehrlich, manche erwachsenen Leute wissen nicht sehr viel«, sagte Tim. »Als wir letztes Jahr mit dem Zug fuhren, kam eine Frau und setzte sich neben mich und fing an, mir Dinge zu erzählen, die ein kleiner Junge über Kalifornien wissen müßte. Ich sagte ihr, ich hätte mein ganzes Leben lang dort gelebt, aber ich denke, sie wußte wahrscheinlich gar nicht, daß man uns in der Schule etwas lehrt, und versuchte mir Dinge zu erklären, und fast alles war falsch.«

»Was zum Beispiel?« fragte Weelles, der auch schon unter Touristen gelitten hatte.

»Wir . . . sie sagte so viele Dinge . . . aber ich fand, daß das das Komischste war: Sie sagte, die Missionen wären alle so alt und interessant, und ich sagte ja, und dann sagte sie: ›Weißt du, die sind alle gebaut worden, lange bevor Kolumbus Amerika entdeckte‹, und ich dachte, das sollte ein Witz sein, also lachte ich. Aber sie sah mich sehr ernst an und sagte: ›Ja, diese Leute sind alle von Mexiko heraufgekommen.‹ Ich denke, sie meinte, das wären alles Azteken-Tempel.«

Welles lachte laut und mußte zugeben, daß vielen Erwachsenen tatsächlich selbst die primitivsten Grundlagen des Wissens fehlten.

»Nach diesem Erlebnis im Zoo und ein paar anderen begann ich zu begreifen«, fuhr Tim fort. »Leute, die Dinge wußten, wollten sie nicht noch einmal von mir hören, und Leute, die sie nicht wußten, wollten sich nicht von einem vierjährigen Kind etwas beibringen lassen. Ich glaube, ich war vier, als ich mit Schreiben anfing.«

»Wie?«

»Oh, ich dachte einfach, wenn ich nie zu jemandem etwas sagen durfte, würde ich zerplatzen. Also begann ich, es festzuhalten — in Druckschrift, wie in den Büchern. Und dann fand ich das mit dem Schreiben heraus. Wir hatten ein paar altmodische Schulbücher, in denen das Schreiben gelehrt wurde. Ich bin Linkshänder, wissen Sie. Als ich zur Schule ging, mußte ich die rechte Hand gebrauchen. Aber bis dahin hatte ich schon gelernt, so zu tun, als wüßte ich nichts. Ich sah den anderen zu und tat, was sie taten. Meine Großmutter hat mir gesagt, ich solle das tun.«

»Ich möchte wissen, weshalb sie das gesagt hat«, wunderte sich Welles.

»Sie wußte, daß ich nicht an andere Kinder gewöhnt war, sagte sie, und das war das erstemal, daß sie mich jemand anderem überließ. Also sagte sie mir, ich solle tun, was die anderen taten und was meine Lehrerin sagte«, erklärte Tim, »und ich befolgte ihren Rat aufs Wort. Ich tat so, als wüßte ich gar nichts, bis die anderen anfingen, es auch zu wissen. Ein Glück, daß ich so schüchtern war. Aber es gab schon Dinge zu lernen. Wissen Sie, als man mich das erstemal zur Schule schickte, war ich enttäuscht, weil die Lehrerin sich ganz genau wie andere Frauen anzog. Die einzigen Bilder von Lehrern, die ich kannte, waren aus alten Mother-Goose-Büchern, und ich dachte, alle Lehrerinnen müßten Reifröcke tragen. Aber als ich sie dann gesehen hatte und nachdem meine Überraschung verflogen war, wußte ich, daß das albern war, und sagte nie etwas darüber.«

Der Psychiater und der Junge lachten gemeinsam.

»Wir spielten Spiele. Ich mußte lernen, mit Kindern zu spielen, und nicht überrascht zu sein, wenn sie mich schlugen oder herumschubsten. Ich begriff nicht, warum sie das taten oder was es ihnen einbrachte. Aber wenn sie mich damit erschrecken wollten, dann sagte ich eben auch ›Buh‹ und erschreckte sie etwas später, und wenn sie böse waren, weil ich ihnen einen Ball oder sonst etwas weggenommen hatte, dann spielte ich eben mit ihnen.«

»Hat man je versucht, dich zu schlagen?«

»O ja. Aber ich hatte ein Buch über das Boxen — mit Bildern. Man kann nicht viel von Bildern lernen, aber ich hatte auch etwas Übung, und das half. Aber ich wollte nicht gewinnen. Das ist es, was mir an den Geschicklichkeits- und Kraftspielen gefällt — da sind mir meine Gegner gewachsen, und ich brauche nicht dauernd aufzupassen, daß ich nicht angebe oder versuche, jemanden zu dominieren.«

»Du hast also hin und wieder versucht, andere zu beherrschen.«

»In den Büchern drängen sich alle um den Jungen herum, der sie neue Spiele lehren oder sich neue Sachen zum Spielen ausdenken kann. Aber ich stellte fest, daß das gar nicht so ist. Sie wollen nur die ganze Zeit das gleiche tun — zum Beispiel Verstecken spielen. Es macht keinen Spaß, wenn der erste, der erwischt wird, ›es‹ das nächstemal ist. Der Rest läuft bloß herum und versucht gar nicht erst, sich zu verstecken oder wegzulaufen, weil es egal ist, ob man sie erwischt oder nicht. Die Jungs begreifen das einfach nicht, daß es besser wäre, wenn der letzte ›es‹ würde.«

Timothy sah auf die Uhr.

»Ich muß jetzt gehen«, sagte er. »Es hat mir Spaß gemacht, mit Ihnen zu sprechen, Dr. Welles. Ich hoffe, ich habe Sie nicht zu sehr gelangweilt.«

Welles erkannte das Echo und lächelte dem kleinen Jungen zu.

»Du hast mir nichts vom Schreiben erzählt. Hast du angefangen, ein Tagebuch zu führen?«

»Nein. Es war eine Zeitung. Eine Seite pro Tag, nicht mehr und nicht weniger. Ich mache das immer noch«, vertraute Tim ihm an. »Aber ich bekomme jetzt mehr auf die Seite. Ich schreibe mit der Maschine.«

»Schreibst du jetzt mit beiden Händen?«

»Die linke Hand ist geheim. Für die Schule und solche Dinge gebrauche ich die rechte Hand.«

Als Timothy gegangen war, gratulierte sich Welles im stillen. Aber den ganzen nächsten Monat über erfuhr er nichts mehr. Tim offenbarte ihm überhaupt nichts von Bedeutung. Er redete vom Ballspielen, schilderte die freudige Überraschung, die seine Großmutter über das schöne Kätzchen empfand, erzählte, wie es wuchs und wie es spielte. Er berichtete ernsthaft faszinierende Fakten, wie zum Beispiel, daß er gerne mit der Eisenbahn führe und daß sein Lieblingstier der Löwe sei und daß er sich wünschte, einmal Schnee fallen zu sehen. Aber kein Wort von dem, was Welles zu hören wünschte. Der Psychiater, der wußte, daß er wieder auf die Probe gestellt wurde, wartete geduldig.

Und dann, eines Nachmittags, als Welles glücklicherweise

ohne mit einem Patienten beschäftigt zu sein, auf seiner Veranda saß und Pfeife rauchte, kam Timothy Paul in den Garten.

»Gestern hat Miß Page mich gefragt, ob ich Sie sehen würde, und ich habe ja gesagt. Sie sagte, sie hoffte, meine Großeltern fänden das nicht zu teuer, weil Sie ihr gesagt hatten, daß ich ganz in Ordnung wäre und sie sich keine Sorgen um mich zu machen brauche. Und dann fragte ich Oma, ob es teuer wäre, wenn Sie mit mir sprechen, und sie sagte ›O nein, mein Lieber; die Schule zahlt dafür. Deine Lehrerin hatte die Idee, daß du ein paarmal mit Dr. Welles reden solltest.‹«

»Ich bin froh, daß du zu mir gekommen bist, Tim, und ich bin sicher, daß du mich nicht an die beiden verraten hast. Niemand bezahlt mich. Die Schule zahlt dann für meine Dienste, wenn es einem Kind schlecht geht und seine Eltern arm sind. Das ist neu, seit 1956. Man kann vielen verhaltensgestörten Kindern helfen — das ist für den Staat viel billiger, als wenn sie verrückt werden oder Verbrecher oder so etwas. Du verstehst das alles. Aber — setz dich doch, Tim! — ich kann dem Staat in deinem Fall keine Rechnung stellen, und deinen Großeltern auch nicht. Du bist, soweit ich erkennen kann, in jeder Hinsicht hervorragend angepaßt, und wenn ich den Rest gesehen habe, werde ich dessen sogar noch sicherer sein.«

»Oh — dann wäre ich nicht gekommen . . .« Tim stammelte verwirrt. »Sie sollten Geld dafür bekommen. Ich nehme Ihnen so viel Zeit weg. Vielleicht sollte ich überhaupt nicht mehr kommen.«

»Ich finde schon, daß du das solltest. Du nicht?«

Der Junge setzte sich auf den Schaukelstuhl und schaukelte nachdenklich vor und zurück. Der Stuhl quietschte.

»Du interessierst dich für mich. Du bist neugierig«, sagte er.

»Das ist nicht alles, Tim.«

Quietsch-quietsch. Quietsch-quietsch.

»Ich weiß«, sagte Timothy. »Ich glaube es. Hören Sie, darf ich Peter sagen? Wir sind doch jetzt Freunde.«

Bei ihrem nächsten Zusamentreffen erzählte Timothy Einzelheiten über seine Zeitung. Er hatte jedes einzelne Blatt aufgehoben, angefangen bei den ersten zerknitterten, schwerfällig mit Druckbuchstaben und Bleistift geschriebenen Ausgaben, bis zu den letzten, die sorgfältig mit Maschine geschrieben waren. Aber zeigen wollte er sie Welles nicht.

»Ich habe einfach jeden Tag all die Dinge aufgeschrieben, die ich sagen wollte, die Nachrichten oder Informationen oder Meinungen, die ich unausgesprochen hinunterschlucken mußte. Es ist also ein wirres Durcheinander. Die ersten Blätter sind schrecklich komisch. Manchmal vermute ich nur noch, womit sie sich befaßten, was mich dazu brachte, sie zu schreiben. Manchmal erinnere ich mich. Über die Bücher, die ich gelesen habe, habe ich auch etwas geschrieben, und dann habe ich sie benotet, so wie in der Schule, in zwei Punkten — wie mir das Buch gefiel, und ob es gut war. Und ob ich es schon einmal gelesen hatte.«

»Wie viele Bücher liest du? Wie groß ist deine Lesegeschwindigkeit?«

Es erwies sich, daß Timothys Lesegeschwindigkeit bei neuen Büchern, die für Erwachsene geschrieben waren, zwischen acht- und neunhundertfünfzig Worten die Minute schwankte. Ein durchschnittlicher Krimi — die las er sehr gerne — dauerte bei ihm etwas mehr als eine Stunde. Den Geschichtsstoff für ein Jahr eignete Tim sich leicht an, indem er das ganze Buch während des Jahres drei- oder viermal las. Er entschuldigte sich dafür, erklärte aber, daß er wissen mußte, was in dem Buch stand, um bei Klassenarbeiten nicht zuviel von dem preiszugeben, was er aus anderen Quellen erfahren hatte. Die Abende, wenn seine Großeltern glaubten, daß er Hausaufgaben machte, verbrachte er damit, andere Bücher zu lesen oder seine Zeitung zu schreiben oder ›sonst irgend etwas‹. Wie Welles vermutet hatte, hatte Tim alles gelesen, was die Bibliothek seines Großvaters enthielt und alles in der öffentlichen Bibliothek, das ihn interessierte und nicht in den geschlossenen Kästen stand, und alles, das er sich aus der Staatsbibliothek bestellen konnte.

»Was sagen die Bibliothekare denn?«

»Sie meinen, die Bücher seien für meinen Großvater. Das sage ich ihnen auch, wenn sie fragen, was ein so kleiner Junge mit einem solch großen Buch vorhätte. Peter, das beunruhigt mich, daß ich so oft lügen muß. Das muß ich doch, oder?«

»Soweit ich das verstehen kann, mußt du das«, pflichtete Welles ihm bei. »Aber hier in meiner Bibliothek ist auch Material für eine Weile. Aber es muß auch hier einen verschlossenen Kasten geben, Tim.«

»Könnten Sie mir sagen, warum? Ich weiß, wie es mit den Büchern in der Bibliothek ist. Einige von ihnen könnten den Leuten Angst machen, und einige sind . . .«

»Einige meiner Bücher könnten auch dir Angst machen, Tim. Wenn du willst, erzähle ich dir ein wenig über abnormale Psychologie, und dann wirst du wahrscheinlich begreifen, daß es besser für dich ist, wenn du nicht zuviel darüber weißt, wenigstens nicht, so lange du nicht ausgebildet bist, mit solchen Fällen umzugehen.«

»Ich will nicht morbid sein«, pflichtete Tim ihm bei. »Also gut. Ich werde nur lesen, was Sie mir geben. Und von nun an will ich Ihnen mehr sagen. Wissen Sie, da war nämlich noch mehr als die Zeitung.«

»Das habe ich mir schon gedacht. Willst du mit deinem Bericht fortfahren?«

»Es ging an, als ich zum erstenmal einen Leserbrief an eine Zeitung schrieb — unter einem falschen Namen natürlich. Sie haben ihn abgedruckt. Eine Weile machte mir das mächtigen Spaß — fast jeden Tag einen Leserbrief unter allen möglichen Namen. Und dann weitete ich mich auf Magazine aus, wieder Briefe an die Redaktion. Und Geschichten — Geschichten habe ich auch versucht.«

Er sah Welles etwas zweifelhaft an, aber der sagte nur: »Wie alt warst du denn, als du deine erste Kurzgeschichte verkauftest?«

»Ach«, sagte Timothy. »Und als dann der Scheck kam, mit meinem Namen darauf, ›T. Paul‹, wußte ich nicht, was ich damit anfangen sollte.«

»Ja freilich. Was hast du dann gemacht?«

»Die Bank hatte ein Schild im Fenster. Ich lese immer Schilder, und das fiel mir dann ein. ›Bankgeschäfte per Post.‹ Sie können sich ja vorstellen, daß ich ziemlich verzweifelt war. Also beschaffte ich mir den Namen einer Bank auf der anderen Seite der Bucht und schrieb ihnen — mit meiner Schreibmaschine — und sagte, ich wollte ein Konto eröffnen, und hier sei ein Scheck als erste Einzahlung. Oh, ich hatte schreckliche Angst, und mußte mir die ganze Zeit sagen, daß mir ja schließlich niemand viel tun könne. Das war mein eigenes Geld. Aber Sie wissen ja nicht, wie es ist, wenn man nur ein kleiner Junge ist! Sie schickten mir den Scheck zurück, und ich bin eines zehnfachen Todes gestorben, als ich ihn sah. Aber der Brief erklärte alles. Ich hatte ihn nicht unterschrieben. Sie schickten mir auch ein Formular, das ich ausfüllen sollte. Ich wußte nicht, wie viele Lügen ich wohl riskieren durfte. Aber es war mein Geld, und ich mußte es bekommen. Wenn ich es in die Bank schaffen konnte, dann konnte ich es auch eines Tages wieder herausholen. Ich gab ›Schriftsteller‹ als Beruf an und behauptete, ich wäre vierundzwanzig. Ich hielt das für schrecklich alt.«

»Ich würde die Geschichte gerne sehen. Hast du die Zweitschrift noch?«

»Ja«, sagte Tim. »Aber niemand hat es bemerkt — ich meine, ›T. Paul‹ konnte natürlich jeder sein. Und als ich an den Zeitungsständen Zeitschriften für Schriftsteller sah und sie kaufte, kam ich dahinter, ein Pseudonym für die Geschichte zu verwenden, aber oben in die Ecke meinen richtigen Namen und meine Adresse zu schreiben. Vorher benutzte ich nur ein Pseudonym und bekam die Sachen manchmal überhaupt nicht zurück oder hörte nichts mehr von ihnen. Manchmal aber schon.«

»Und was hast du dann gemacht?«

»Oh, dann habe ich den Scheck an mich zahlbar ausgestellt und mit dem Pseudonym unterschrieben und dann meinen eigenen Namen darunter gesetzt. Hatte ich Angst, das zu tun! Aber es war mein Geld.«

»Nur Kurzgeschichten?«

»Artikel auch. Und alles mögliche. Doch das genügt jetzt für heute. Nur — ich wollte nur sagen — vor einer Weile hat T. Paul der Bank geschrieben, ein Teil des Geldes sollte auf ein Scheckkonto übertragen werden. Um Bücher per Post kaufen zu können und so. Und um Sie bezahlen zu können, Dr. Welles . . .« Das klang plötzlich ganz formell.

»Nein, Tim«, sagte Peter Welles entschieden. »Das Vergnügen ist ganz meinerseits. Ich möchte gerne die Geschichte sehen, die veröffentlicht wurde, als du acht Jahre alt warst. Und einige der anderen Dinge, die T. Paul so reich machten, daß er sich einen beratenden Psychiater leisten kann. Und würdest du mir um Himmels willen sagen, wie das alles vor sich geht, ohne daß deine Großeltern davon erfahren?«

»Großmutter meint, ich würde Coupons ausfüllen und Schachteldeckel einschicken und so Zeug«, sagte Tim. »Sie trägt die Post nicht herein. Sie sagt, ihrem kleinen Jungen würde das so große Freude machen. Jedenfalls hat sie das gesagt, als ich acht war. Ich habe den Postboten gespielt. Und da waren natürlich auch Coupons — ich habe sie ihr gezeigt, bis sie — das war wohl beim drittenmal — sagte, solche Dinge interessierten sie wirklich nicht sehr. Inzwischen hat sie sich angewöhnt, darauf zu warten, daß ich die Post hole.«

Peter Welles dachte, daß dies wirklich ein Tag der Offenbarung war. Er verbrachte einen ruhigen Abend zu Hause, hielt sich den Kopf und stöhnte, und versuchte, das Ganze in sich aufzunehmen.

Und dieser IQ — 120, Unsinn! Der Junge hatte ihn an der Nase herumgeführt. Tim hatte offensichtlich genügend über IQ-Tests gelesen, um ihn mit Erfolg zu manipulieren. Wozu der Junge wohl fähig war, wenn er wirklich kooperierte?

Welles beschloß, eben das herauszufinden.

Er fand es nicht heraus. Timothy Paul absolvierte den ganzen Bereich der Tests für überdurchschnittlich intelligente Erwachsene, ohne irgendeinen Fehler zu machen. Es gab einfach keine Tests, die imstande waren, seine echte Intelligenz zu messen. Timothy Paul hatte in einem Alter, das man noch mit einer Ziffer ausdrücken konnte, Problemen gegenübergestanden und sie gelöst, die für einen durchschnittlichen Erwachsenen unlösbar gewesen wären. Er hatte sich der schwierigsten Aufgabe angepaßt, die es überhaupt gab — der nämlich, ein ganz normaler, durchschnittlicher kleiner Junge zu sein.

Aber es gab ganz bestimmt noch mehr über ihn in Erfahrung zu bringen. Was schrieb er? Und was tat er außer Lesen und Schreiben, Tischlerkurse besuchen, Katzen züchten und die ganze Welt täuschen?

Als Peter Welles einige von Tims Arbeiten gelesen hatte, stellte er zu seiner Überraschung fest, daß die Kurzgeschichten des Jungen von einer großen Menschlichkeit waren, das Produkt also einer scharfen Beobachtung der Natur des Menschen. Die Artikel andererseits waren logisch durchdacht und deuteten auf gründliche Studien und Recherchen hin. Offensichtlich las Tim einige Zeitungen von Anfang bis Ende und dazu noch ein gutes Dutzend Monatsschriften.

»Oh, sicher«, sagte Tim, als er ihn danach befragte. »Ich lese alles. Hin und wieder lese ich sogar alte Zeitschriften ein zweitesmal.«

»Wenn du so schreiben kannst«, fragte Welles und deutete auf ein Magazin, in dem ein durchaus wissenschaftlicher und eher konservativer Artikel erschienen war, »und so« — das war ein politischer Artikel mit Argumenten für und gegen eine Änderung im ganzen Kongreßsystem —, »warum redest du dann mit mir immer in der Sprache eines ganz gewöhnlichen, dummen Schuljungen?«

»Weil ich nur ein kleiner Junge bin«, erwiderte Timothy. »Was würde denn passieren, wenn ich herumlaufen würde und so reden?«

»Bei mir könntest du es doch riskieren. Mir hast du ja diese Dinge gezeigt.«

»Ich würde es nie wagen, so zu reden. Ich könnte mich vergessen und es vor anderen auch tun. Außerdem kann ich die Hälfte der Worte gar nicht richtig aussprechen.«

»Was!«

»Ich sehe nie nach, wie ein Wort ausgesprochen wird«, erklärte Timothy. »Falls ich doch einmal unvorsichtig bin und ein Wort benutze, das über den Durchschnitt hinausgeht, kann ich immer noch hoffen, daß ich es falsch ausspreche.«

Welles lachte schallend, war aber gleich wieder ernst, als ihm klar wurde, welche profunde Überlegung dahinter stand.

»Du bist wie ein Forscher, der unter Wilden lebt«, sagte der Psychiater. »Du hast die Wilden sorgfältig studiert und versucht, sie nachzuahmen, damit sie nicht merken, daß es Unterschiede gibt.«

»So etwas ähnliches«, nickte Tim.

»Deshalb sind deine Kurzgeschichten auch so menschlich

warm«, sagte Welles. »Die eine über das schreckliche kleine Mädchen . . .«

Sie lachten beide.

»Ja, das war meine erste Geschichte«, sagte Tim. »Ich war beinahe acht, und da war ein Junge in meiner Klasse, der einen Bruder hatte, und der Junge nebenan war der andere, der, über den sich alle immer lustig machten.«

»Wieviel von der Geschichte war denn wahr?«

»Der erste Teil. Immer wenn ich bei Ihnen war, sah ich, wie sich dieses Mädchen sich über den Freund von Bills Bruder, Steve, lustig machte. Sie sollte die ganze Zeit selbst mit Steve spielen, und jedesmal, wenn er Jungen bei sich hatte, tat sie irgend etwas Schlimmes. Und Steves Eltern waren genau so, wie ich es geschrieben habe — sie ließen einfach nicht zu, daß Steve einem Mädchen etwas tat. Wenn sie Wassermelonenabfälle über den Hof in seinen Garten warf, mußte er sie alle aufheben und durfte nichts sagen; und sie lachte ihn über den Zaun aus. Er bekam dauernd die Schuld für Dinge zugeschoben, die er gar nicht getan hatte, und wenn er dann zur Strafe im Garten arbeiten mußte, hing sie im Fenster und verspottete ihn. Ich überlegte zuerst, weshalb sie sich wohl so verhielt, und dann überlegte ich mir, wie er sich wohl an ihr rächen könnte und dann schrieb ich es so auf, wie es hätte passieren können.«

»Steve hast du die Idee nicht erzählt, damit er sie ausprobiert?«

»Aber nein! Ich war doch nur ein kleiner Junge. Siebenjährige geben Zehnjährigen keine Ratschläge. Das ist das erste, was ich lernen mußte — immer derjenige zu sein, der stillhielt, besonders wenn ältere Jungen oder Mädchen in der Nähe waren, auch wenn sie nur ein oder zwei Jahre älter sein mochten. Ich mußte lernen, sie ausdruckslos anzusehen und den Mund offen stehen zu lassen und zu sagen: ›Das verstehe ich nicht.‹«

»Und Miß Page dachte, es sei seltsam, daß du keine gleichaltrigen Freunde hättest«, sagte Welles. »Du mußt der einsamste Junge sein, den es auf der Welt gibt. Du hast wie ein Verbrecher im Versteck gelebt. Aber sag mir doch, wovor hast du denn Angst?«

»Davor, daß man mich entdeckt, natürlich. Ich kann in dieser

Welt nur in Verkleidung leben — zumindest bis ich erwachsen bin. Zuerst haben mich nur meine Großeltern gescholten und gesagt, ich solle nicht prahlen, und dann lachten die Leute immer, wenn ich versuchte, mit ihnen zu reden. Und dann merkte ich, wie die Leute jeden hassen, der besser oder intelligenter oder glücklicher ist als sie. Manche Leute gleichen das irgendwie aus; wenn man in einer Sache schwach ist, ist man in einer anderen gut. Aber sie verzeihen einem, daß man in manchen Dingen gut ist, nur, wenn man in anderen nicht gut ist und sie das ausgleichen können. In irgend etwas müssen sie einem überlegen sein, müssen das ausgleichen können. Ein Kind hat überhaupt keine Chance. Kein Erwachsener kann es ertragen, wenn ein Kind irgend etwas weiß, was er nicht weiß. Oh, in Kleinigkeiten, ja, wenn sie sie amüsieren . . . aber nicht viel. Es gibt da eine alte Geschichte über einen Mann, der sich in einem Land befand, wo alle anderen blind waren. So bin ich auch — aber die werden mir nicht die Augen ausstechen. Ich werde nie zulassen, daß sie erfahren, daß ich etwas sehe.«

»Siehst du Dinge, die Erwachsene nicht sehen können?«

Tim deutete auf die Zeitschrift.

»Nur so, meinte ich. Ich höre Leute reden, in der Straßenbahn und in Läden und bei der Arbeit und so. Ich lese, wie sie sich verhalten — in den Nachrichten. Ich bin wie sie, genau wie sie, nur daß ich mir hundert Jahre älter vorkomme — reifer.«

»Du meinst also, daß die meisten ziemlich unvernünftig sind?«

»Nein, das nicht. Ich meine nur, daß so wenige von ihnen vernünftig sind oder das zeigen, wenn sie es sind. Sie scheinen es nicht einmal zu wollen. Auf ihre Art sind es gute Leute, aber was meinen Sie wohl, was die aus mir machen würden? Selbst als ich erst sieben war, konnte ich ihre Motive schon verstehen, aber sie selbst konnten ihre eigenen Motive nicht verstehen. Und sie sind so faul — sie wollen gar nichts wissen oder begreifen. Die meisten der Bücher, die ich mir aus der Bibliothek geholt habe, um aus ihnen zu lernen, wurden nur ganz selten von den erwachsenen Leuten auch nur angerührt. Dabei waren sie für ganz normale, erwachsene Leute bestimmt. Aber die erwachsenen Leute wollen gar nichts wissen — sie wollen nur ihren Spaß haben. Ich empfinde für die meisten Leute das, was meine Großmutter für Babys und junge Hunde empfindet. Nur daß sie nicht die ganze Zeit vorgeben muß, ein junger Hund zu sein«, fügte Tim etwas bitter hinzu.

»Du hast jetzt in mir einen Freund.«

»Ja, Peter«, sagte Tim und sein Gesicht hellte sich dabei auf. »Und Brieffreunde habe ich auch. Die Leute mögen das, was ich schreibe, weil sie nicht wissen können, daß ich nur ein kleiner Junge bin. Wenn ich einmal erwachsen bin . . .«

Tim führte den Satz nicht zu Ende. Welles verstand jetzt einige der Ängste, die Tim nicht gewagt hatte, in Worte zu fassen. Wenn er erwachsen war, würde er dann ebenso weit über allen Erwachsenen stehen, so wie er das bisher sein ganzes junges Leben lang über seinen Altersgenossen gestanden hatte? Die erwachsenen Freunde, denen er jetzt auf einigermaßen gleichem Niveau begegnete — würden sie ihm dann auch wie Babys oder junge Hündchen vorkommen?

Peter wagte es auch nicht, den Gedanken in Worte zu kleiden. Noch viel weniger brachte er es fertig, einen anderen Gedanken auch nur anzudeuten. Bis jetzt hatte Tim kein besonderes Interesse an Mädchen entwickelt; sie existierten für ihn als Teil der menschlichen Rasse, aber einmal würde die Zeit kommen, in der Tim ein erwachsener Mann sein und den Wunsch verspüren würde, zu heiraten. Und wo unter allen jungen Hündchen konnte er eine Gefährtin finden?

»Wenn du erwachsen sein wirst, werden wir immer noch Freunde sein«, sagte Peter. »Und wer sind die anderen?«

Es erwies sich, daß Tim auf der ganzen Welt Brieffreunde hatte. Er spielte Korrespondenzschach — ein Spiel, das er nie persönlich zu spielen wagte, nur dann, wenn er sich dabei zwang, die Steine unbedacht über das Spielfeld zu bewegen und den Gegner wenigstens bei der Hälfte aller Spiele gewinnen zu lassen. Und dann hatte er auch viele Freunde, die eine seiner Kurzgeschichten oder einen Artikel aus seiner Feder gelesen und ihm dazu einen Brief geschrieben hatten, woraus sich eine Korrespondenzfreundschaft entwickelt hatte. Nachdem ihm das zwei- oder dreimal passiert war, hatte er selbst Brieffreundschaften begonnen, immer mit Leuten, die in großer Entfernung lebten. Den meisten dieser Leute nannte er einen Namen, der zwar nicht falsch war, aber doch so aussah. Nämlich Paul T. Lawrence. Lawrence war sein Mittelname, und wenn man nach dem Paul ein Komma setzte, war es sogar sein eigener Name. Er besaß unter diesen Namen ein Schließfach und hatte T. Paul, den Besitzer des großen Bankkontos, dafür als Referenz angegeben.

»Brieffreunde im Ausland? Beherrschst du irgendwelche Fremdsprachen?«

Ja, das tat Tim. Er hatte sich auch diese Kenntnisse auf dem Korrespondenzweg angeeignet; viele Universitäten boten solche Kurse an und liehen den Studenten Schallplatten, damit sie auch die richtige Aussprache lernen konnten. Tim hatte einige solche Kurse absolviert und andere Sprachen aus Büchern gelernt. Übung verschaffte er sich mittels der Briefe in andere Länder und der Antworten, die ihn erreichten.

»Normalerweise kaufe ich mir ein Wörterbuch und schreibe dann an den Bürgermeister irgendeiner Stadt oder an eine ausländische Zeitung und bitte sie, eine Anzeige nach Brieffreunden aufzugeben, die mir helfen sollen, die Sprache zu erlernen. Wir tauschen dann Andenken und solche Dinge aus.«

Welles überraschte es auch keineswegs, daß Timothy auch andere Korrespondenzkurse mitgemacht hatte. Er hatte im Laufe von drei Jahren mehr als die Hälfte aller Fächer absolviert, die vier verschiedene Universitäten anboten, und auch noch einige andere Kurse mitgemacht, wobei der letzte Architektur war. Der Junge, noch nicht einmal vierzehn Jahre alt, hatte in diesem Fach einen vollen Kurs absolviert und hätte — würde er sich als Erwachsener verkleiden können — sofort hingehen und jedes beliebige Haus bauen können, denn er beherrschte auch die meisten handwerklichen Fertigkeiten, derer es dazu bedurfte.

»In den Angeboten stand immer, wie lange ein durchschnittlicher Student brauchte, und so lange brauchte ich dann auch«, sagte Tim, »ich mußte mich also natürlich in verschiedenen Schulen gleichzeitig eintragen.«

»Und Tischlerei in der Sommerschule?«

»O ja. Aber dort konnte ich nicht zuviel machen, weil man mich ja sehen konnte. Aber ich habe es gelernt, und das war eine gute Tarnung, damit ich Käfige für die Katzen und derlei Dinge machen konnte. Und viele Jungen sind handwerklich geschickt. Ich arbeite gerne mit den Händen. Ich habe mir auch mein Radio selbst gebaut — ich bekomme sämtliche ausländischen Stationen herein, und das hilft mir bei den Sprachen.«

»Wie hast du dir das mit den Katzen ausgedacht?«

»Oh, es mußte doch Rezessive geben, das ist alles. Die siamesische Färbung war rezessiv, und man mußte sie einfach mit einem anderen Rezessiven kreuzen. Schwarz war eine Möglichkeit, und Weiß eine andere. Aber ich fing mit Schwarz an, weil mir das besser gefiel. Ich könnte Weiß auch versuchen, aber ich habe soviel vor . . .«

Plötzlich verstummte er und wollte nichts mehr sagen.

Das nächstemal trafen sie sich in Tims Werkstätte. Welles holte den Jungen nach der Schule ab, und sie gingen gemeinsam zu ihm nach Hause; dort schloß Tim die Tür auf und schaltete das Licht ein.

Welles sah sich interessiert um. Er sah eine Werkbank und einen Werkzeugschrank. Wandschränke mit Vorhängeschlössern. Ein Radio, dem man es ansah, daß es nicht in einem Laden gekauft worden war. Ein Ablagekasten, ebenfalls verschlossen. Etwas auf einem Tisch, das mit einem Tuch bedeckt war. Ein Kasten in der Ecke — nein, zwei Kästen in zwei Ecken. In jedem war eine Mutterkatze mit Jungen, beides schwarze Angorakatzen.

»Die hier muß ganz schwarz Angora sein«, erklärte Tim. »Ihr dritter Wurf und kein einzigesmal eine siamesische Zeichnung. Aber die hier trägt beide Rezessive. Letztesmal hatte sie ein kurzhaariges Siamesenkätzchen. Heute morgen — ich mußte zur Schule. Sehen wir nach.«

Sie beugten sich über den Kasten, in dem die neugeborenen Kätzchen lagen. Ein Kätzchen war wie die Mutter. Die anderen zwei waren Angorasiamesen; ein Männchen und ein Weibchen.

»Du hast es wieder geschafft, Tim!« rief Welles. »Gratuliere!«

Sie schüttelten sich erfreut die Hände.

»Ich werde es registrieren«, sagte der Junge vergnügt.

Er schrieb es mit der linken Hand in ein Wachstuchheft, auf

dem ein Schild mit der Aufschrift ›Aufsatz‹ klebte. Er hatte die korrekten Symbole benutzt — F_1, F_2, F_3; Ks, Sl.

»Die Dominanten in Großbuchstaben«, erklärte er, »S für schwarz, und K für kurzes Haar; die Rezessiven in Kleinbuchstaben — s für Siamesen, l für langes Haar. Herrlich ll über ss zu schreiben, Peter! Noch zweimal. Und das andere Kätzchen trägt die siamesische Zeichnung als rezessives Merkmal.«

Er klappte das Heft triumphierend zu.

»Jetzt«, und damit ging er zu dem zugedeckten Gegenstand auf dem Tisch, »mein neuestes, großes Geheimnis.«

Tim hob vorsichtig das Tuch, und ein wunderschön gebautes Puppenhaus kam zum Vorschein. Nein, ein Modellhaus — verbesserte Welles sich schnell. Ein wunderschönes Modell und — ja, maßstabsgetreu gebaut.

»Man kann das Dach abnehmen. Da, sehen Sie, da ist ein großer Lagerraum und noch Platz für einen Hobbyraum oder ein Hausmädchen oder so etwas. Und dann kann man den Oberstock abheben . . .«

»Du lieber Gott!« rief Peter Welles aus. »Jedes kleine Mädchen würde ihre Seele für so etwas geben!«

»Für die Tapeten habe ich Geschenkpapier benutzt. Die Teppiche habe ich auf einem kleinen Handwebstuhl gewebt«, strahlte Timothy. »Die Möbel sind ganz wie echt, nicht wahr? Einige habe ich gekauft, die sind aus Plastik. Andere habe ich aus Pappe zusammengeklebt. Am schwierigsten waren die Vorhänge, aber ich konnte ja nicht gut Großmutter bitten, sie zu nähen . . .«

»Warum nicht?« fragte der immer noch erstaunte Psychologe.

»Es hätte ja sein können, daß sie das dann nachher erkennt«, sagte Tim, und nahm das oberste Stockwerk ab.

»Es erkennt? Du hast es ihr also nicht gezeigt? Wann würde sie es denn sehen?«

»Vielleicht nie«, räumte Tim ein. »Aber manchmal muß ich eben ein Risiko eingehen.«

»Der Plan ist sehr gut überlegt«, sagte Welles und beugte sich über das Haus, um es näher zu untersuchen.

»Ja, das fand ich auch. Es ist schrecklich, in wie wenig Häusern genügend Stellraum für Bücher oder Platz für Bilder ist. Und in manchen sind die Türen so angeordnet, daß man jedesmal, wenn man aus dem Wohnzimmer in die Küche will, um den Eßtisch herum muß oder so, daß eine ganze Ecke eines Raumes für nichts zu gebrauchen ist und die Türen alle im Winkel zueinander stehen. Ich habe dieses Haus so entworfen, daß . . .«

»Du hast es entworfen, Tim?«

»Aber natürlich. Ach, jetzt verstehe ich — Sie haben gedacht, ich hätte es nach Plänen gebaut, die ich gekauft habe. Das war bei meinem ersten Modellhaus so, aber dann habe ich bei den Architekturkursen so viele Ideen bekommen, daß ich sehen wollte, wie das in Natur aussieht. Jetzt der Keller und der Hobbyraum . . .«

Welles kam erst eine Stunde später wieder zu sich, und erschrak, als er auf die Uhr sah.

»Jetzt ist es spät geworden. Mein Patient ist inzwischen sicher wieder nach Hause gegangen. Jetzt kann ich ebensogut bleiben — was ist denn mit deinen Zeitungen?«

»Die habe ich aufgegeben. Großmutter hat sich angeboten, die Katzen zu füttern, als ich ihr die kleinen Kätzchen gab. Und ich wollte dafür mehr Zeit haben. Hier sind die Bilder des Hauses.«

Die Farbabzüge waren sehr gut.

»Ich schicke die Bilder und einen Artikel an die Fachzeitschriften«, sagte Tim. »Diesmal bin ich T. L. Paul. Manchmal habe ich so getan, als würden all die verschiedenen Leute, die ich bin, miteinander reden — aber jetzt rede ich statt dessen mit Ihnen, Peter.«

»Meinst du, es macht den Katzen etwas aus, wenn ich rauche? Danke. Es gibt doch hier nichts, was Feuer fangen könnte, hoffe ich? Setz das Haus wieder zusammen und laß mich hier Platz nehmen und es ansehen. Ich möchte durch die Fenster hineinsehen. Schalte die kleinen Lampen ein. So.«

Der junge Architekt strahlte und knipste die kleinen Lichter an.

»Niemand kann hier hereinsehen. Ich habe hier Jalousetten, und wenn ich arbeite, mache ich die manchmal zu.«

»Wenn ich alles über dich wissen soll, muß ich wohl von A bis

Z durch das ganze Alphabet gehen«, sagte Peter Welles. »Das ist also Architektur. Was gibt es unter A sonst noch?«

»Astronomie. Ich habe Ihnen diese Artikel gezeigt. Meine Berechnungen haben sich als richtig erwiesen. Astrophysik — ich habe in dem Kurs eine Eins bekommen, aber bis jetzt noch keine eigenen Arbeiten abgeschlossen. Und was das Alphabet angeht — nun, ich habe mir sämtliche Pfadfinderpunkte besorgt, durch das ganze Alphabet.«

»Als Pfadfinder kann ich mir dich wirklich nicht vorstellen«, widersprach Welles.

»Ich bin sogar ein sehr guter Pfadfinder. Ich habe fast so viele Plaketten wie alle anderen gleichaltrigen Jungen in meiner Gruppe. Und im Lager bin ich genauso gut wie die meisten Stadtjungen.«

»Dann verrichtest du auch jeden Tag eine gute Tat?«

»Ja«, sagte Timothy. »Damit habe ich angefangen, als ich das erstemal etwas über Pfadfinder las — ich war ein Pfadfinder mit dem Herzen, ehe ich alt genug war, um beizutreten. Wissen Sie, Peter, wenn man sehr jung ist, nimmt man all das ernst, das mit der guten Tat jeden Tag und die guten Angewohnheiten und Ideale und all das. Und dann wird man älter, und es fängt an, einem komisch vorzukommen und kindisch und aufgesetzt und künstlich, und man lächelt überlegen und macht Witze darüber. Aber da gibt es dann noch eine dritte Stufe, wenn man alles wieder ernst nimmt. Leute, die sich über die Pfadfindergesetze lustig machen, schaden den Jungen sehr, aber diejenigen, die an solche Dinge glauben, wissen nicht, wie sie es ausdrücken sollen, ohne daß es banal und albern klingt. Ich werde bald einmal einen Artikel darüber schreiben.«

»Ist das Pfadfindergesetz deine Religion — wenn ich es so ausdrücken darf?«

»Nein, das nicht«, sagte Timothy. »Ich habe die einzelnen Religionen studiert und versucht herauszubekommen, was die Wahrheit ist. Ich habe an Priester aller Glaubensrichtungen Briefe geschrieben — alle, die im Telefonbuch stehen und auch an die Zeitungen. Als ich im Osten auf Ferien war, habe ich mir die Namen beschafft und ihnen dann geschrieben, nachdem ich zurückgekehrt war. An Leute in dieser Stadt konnte ich nicht schreiben. Ich schrieb ihnen, daß ich wissen wollte, welche Kirche wahr und echt wäre, und habe erwartet, daß sie mir schreiben würden und etwas von ihrer Kirche erzählen und mit mir argumentieren, wissen Sie. Ich könnte Bücher aus der Bibliothek lesen, und sie brauchten mir nur welche zu empfehlen, schrieb ich ihnen, und dann sollten sie mit mir darüber korrespondieren.«

»Haben sie das getan?«

»Ja, einige gaben Antwort«, sagte Tim, »aber fast alle schrieben mir, ich sollte doch zu jemandem gehen, der in meiner Nähe lebte. Einige schrieben, sie hätten sehr viel zu tun. Ein paar nannten mir die Titel von ein paar Büchern, aber keiner von ihnen sagte, ich solle wieder schreiben, und . . . und ich war doch nur ein kleiner Junge. Neun Jahre alt, ich konnte also mit niemandem reden. Als ich dann darüber nachdachte, erkannte ich, daß ich eigentlich nicht gut mit so jungen Jahren irgendeiner Kirche beitreten konnte, wenn sie nicht auch die meiner Großeltern war. Ich gehe immer noch dorthin — es ist eine gute Kirche und sie lehrt viel Wahres, da bin ich sicher. Ich lese alles, was ich in die Finger bekommen kann, damit ich, wenn ich alt genug bin, weiß, was ich tun muß. Wie alt sollte ich denn Ihrer Ansicht nach sein, Peter?«

»Im Oberschulalter«, erwiderte Welles. »Du gehst doch auf die Oberschule? Dann werden die meisten Priester mit dir sprechen — nur die nicht, die zuviel zu tun haben!«

»In Wirklichkeit ist es natürlich ein moralisches Problem. Habe ich das Recht, so lange zu warten? Aber ich muß warten. Es ist wie mit dem Lügen — manchmal muß ich lügen, aber ich tue das ungern. Wenn ich die moralische Pflicht habe, mich der richtigen Kirche anzuschließen, sobald ich sie finde, nun, was dann? Ich kann das doch nicht, solange ich nicht achtzehn oder zwanzig bin, oder?«

»Wenn du nicht kannst, dann kannst du eben nicht. Ich würde meinen, damit wäre das erledigt. Vor dem Gesetz bist du minderjährig und unterstehst dem Verfügungsrecht deiner Großeltern, und wenn du auch das Recht beanspruchen könntest, dorthin zu gehen, wohin dein Gewissen dich treibt, wäre es doch unmöglich, deine Wahl zu begründen und zu erklären, ohne dich völlig zu verraten — ebenso wie du gezwungen bist, bis zu deinem achtzehnten Lebensjahr zur Schule zu gehen, obwohl du mehr weißt als die meisten Akademiker. Das ist alles Teil dieses Spiels, und dein Schöpfer muß das verstehen.«

»Ich werde Sie nie belügen«, sagte Tim. »Ich war so verzweifelt einsam — meine Brieffreunde wußten in Wirklichkeit gar nichts über mich. Ich schrieb ihnen nur das, was sie wissen durften. Kleine Kinder sind es zufrieden, mit anderen Leuten beisammen zu sein, aber wenn man etwas älter wird, braucht man wirklich Freunde.«

»Ja, das ist ein Teil des Heranwachsens. Du mußt aus dir herausgehen, dich an andere anschließen und Gedanken mit ihnen teilen. Du bist zu lange für dich geblieben.«

»Das wollte ich doch nicht. Aber ohne einen echten Freund war das Ganze doch nur Schwindel, und ich konnte nie zulassen, daß meine Spielgefährten etwas über mich erfuhren. Ich studierte sie und schrieb Geschichten über sie, und in den Geschichten waren sie ganz vorhanden, aber von mir nur ein kleines Stück.«

»Ich bin stolz darauf, dein Freund zu sein, Tim. Jeder Mensch braucht einen Freund. Ich bin stolz darauf, daß du mir vertraust.«

Tim streichelte die Katze stumm ein paar Augenblicke lang und blickte dann auf. Er grinste.

»Möchten Sie meinen Lieblingswitz hören?« fragte er.

»Ja, sehr«, sagte der Psychiater, und bereitete sich auf jeden beliebigen größeren Schock vor.

»Das sind Schallplatten. Ich habe das im Radio aufgenommen.«

Welles hörte zu. Er verstand wenig von Musik, aber die Symphonie, die er hörte, gefiel ihm. Der Ansager lobte sie vor und nach jedem Satz in den höchsten Tönen. Timothy kicherte.

»Gefällt es Ihnen?«

»Sehr. Ich verstehe nur nicht, wo der Witz liegt.«

»Ich habe sie geschrieben.«

»Tim, ich komme einfach nicht mehr mit! Aber wo der Witz liegt, verstehe ich immer noch nicht.«

»Der Witz ist, daß ich das mathematisch erarbeitet habe. Ich habe mir ausgerechnet, was wie Freude, Leid, Hoffnung, Triumph und all das klingen müßte — das war kurz nachdem ich Harmonielehre studiert hatte. Sie wissen ja, wie mathematisch das ist.«

Welles nickte sprachlos.

»Ich habe die Rhythmen aus den verschiedenen Phasen des Stoffwechsels herausgearbeitet — so, wie man eben funktioniert, wenn man unter dem Einfluß dieser Gefühle steht, so, wie sich der Herzschlag und die Atmung und alles mögliche andere ändert. Ich habe die Symphonie an den Leiter jenes Orchesters geschickt, und er begriff nicht, daß es ein Witz war — ich habe ihm das natürlich auch nicht erklärt — und dann hat er die Musik produziert. Ich bekomme da auch hübsche Lizenzen davon.«

»Du bringst mich noch ins Grab«, sagte Welles voll Überzeugung. »Laß es für heute gut sein. Ich könnte nicht mehr ertragen. Ich gehe nach Hause. Vielleicht verstehe ich den Witz bis morgen und komme dann zum Lachen zurück. Tim, ist dir je etwas mißlungen?«

»Ich habe zwei Schränke voll Artikel und Geschichten, die man mir nicht abgekauft hat. Bei einigen ist mir das sehr unangenehm. Da war zum Beispiel diese Schachgeschichte. Wissen Sie, in ›Die Spiegelwelt‹ war das Spiel nicht besonders gut, und man konnte die Beziehung zwischen den einzelnen Zügen und der Geschichte nicht sehr gut mitverfolgen.«

»Ich habe die nie begriffen.«

»Ich dachte, daß es Spaß machen würde, ein Meisterschaftsspiel zu nehmen und eine Geschichte darüber zu schreiben, so als wäre es ein Krieg zwischen zwei kleinen, altertümlichen Ländern mit Rittern und Fußsoldaten und befestigten Wällen, und die Damen sind natürlich echte Damen — man tötet sie nicht, nicht im Nahkampf . . . Verstehen Sie, worauf ich hinauswill? Ich wollte die Angriffe und die Gefangennahmen erfinden und die Leute lebendig darstellen, ein Märchenkrieg, wissen Sie, und dann sollte die Strategie des Spiels und die Strategie des Krieges übereinstimmen und alles zusammenpassen. Ich brauchte furchtbar lange dazu, alles auszuarbeiten und es dann niederzuschreiben, das Spiel als Schachspiel zu verstehen und es dann in menschliche Handlungen und Motive zu übertragen und sprachlich so auszuarbeiten, daß es zu den verschiedenen Leuten paßt. Ich werde Ihnen die Geschichte zeigen. Mir hat sie gefallen. Aber niemand wollte sie drucken. Schachspieler mögen keine Märchen, und sonst mag niemand Schach. Man muß einen ganz besonderen Verstand haben, um beides zu mögen. Aber es war eine große Enttäuschung. Ich hoffte, daß sie veröffentlicht werden würde, weil sie den wenigen Leuten, die so etwas mögen, sehr gut gefallen hätte.«

»Ich bin sicher, daß sie mir gefallen wird.«

»Nun, wenn Sie so etwas mögen, dann ist die Geschichte genau das, worauf Sie Ihr ganzes Leben lang vergebens gewartet haben. Noch niemand hat so etwas geschrieben.« Tim verstummte und lief rot an. »Jetzt verstehe ich, was Großmutter meint. Wenn man erst einmal angefangen hat, aufzuschneiden und zu prahlen, dann hört man nicht mehr damit auf. Es tut mir leid, Peter.«

»Gib mir die Geschichte. Es macht mir nichts aus, Tim — vor mir kannst du so viel angeben, wie du magst; ich verstehe das. Am Ende zerspringst du noch einmal, wenn du nie deinen berechtigten Stolz und deine Freude an solchen Leistungen ausdrücken kannst. Was ich nicht begreife, ist nur, wie du das alles so lange zurückhalten konntest.«

»Das mußte ich«, sagte Tim.

Die Geschichte war genau das, was ihr junger Verfasser behauptet hatte. Welles mußte ein paarmal lachen, als er sie am Abend las. Er las sie ein zweitesmal, und überprüfte sämtliche Züge und die Strategie, die dahinter lag. Es war wirklich gute Arbeit. Dann dachte er an die Symphonie, und diesesmal konnte er lachen. Er war bis nach Mitternacht wach und dachte über den Jungen nach. Dann nahm er eine Schlaftablette und legte sich ins Bett.

Am nächsten Tag suchte er Tims Großmutter auf. Mrs. Davis empfing ihn freundlich.

»Ihr Enkel ist ein höchst interessanter Junge«, sagte Peter Welles vorsichtig. »Ich möchte Sie um einen Gefallen bitten. Ich arbeite an einer Studie, die sich mit verschiedenen Jungen und Mädchen in diesem Bezirk befaßt, mit ihren Fähigkeiten, ihrer Umwelt, ihrer familiären Umgebung und ihren Charakterzügen und solchen Dingen. Selbstverständlich werden keine Namen erwähnt, aber ich werde einen statistischen Bericht abfassen, einen über zehn Jahre, und es kann durchaus sein, daß später einmal etwas daraus veröffentlicht wird. Dürfte Timothy mitmachen?«

»Timothy ist ein so guter, normaler kleiner Junge, daß ich wirklich nicht verstehe, welchen Sinn es hätte, ihn in eine solche Studie aufzunehmen.«

»Das ist es ja gerade. Wir interessieren uns bei dieser Studie nicht für verhaltensgestörte Personen. Wir haben all die psychotischen Jungen und Mädchen eliminiert, wir interessieren uns für Jungen und Mädchen, denen es gelungen ist, mit ihren jugendlichen Problemen fertig zu werden und sich dem Leben befriedigend anzupassen. Wenn wir eine ausgewählte Gruppe solcher Kinder studieren, und über mindestens zehn Jahre ihren Fortschritt verfolgen und dann eine Zusammenfassung unserer Feststellungen veröffentlichen könnten — natürlich ohne Namen . . .«

»In dem Fall habe ich keine Einwände«, sagte Mrs. Davis.

»Würden Sie mir dann etwas über Timothys Eltern erzählen — ihre Geschichte?«

Mrs. Davis setzte sich hin. Das würde ein langes, gutes Gespräch werden.

»Timothys Mutter, meine einzige Tochter, Emily«, begann sie, »war ein reizendes Mädchen. So talentiert. Sie hat bezaubernd Violine gespielt. Timothy ist ihr wie aus dem Gesicht geschnitten, aber er hat das dunkle Haar und die Augen seines Vaters. Edwin hatte sehr schöne Augen.«

»Edwin war Timothys Vater?«

»Ja. Die jungen Leute lernten sich kennen, als Emily im Osten auf dem College war. Edwin studierte dort Atomphysik.«

»Ihre Tochter studierte Musik?«

»Nein; Emily studierte Kunstgeschichte. Ich kann Ihnen nur wenig über Edwins Arbeit sagen, aber nach ihrer Hochzeit arbeitete er wieder weiter und . . . verstehen Sie, es tut mir weh, mich an all das zu erinnern, aber ihr Tod war ein solcher Schlag für mich. Sie waren so jung.«

Welles hielt den Bleistift bereit, um sofort schreiben zu können.

»Timothy hat es nie erfahren. Schließlich muß er in dieser

Welt heranwachsen . . . und wie furchtbar sich diese Welt doch in den letzten dreißig Jahren verändert hat, Dr. Welles! Sie erinnern sich ja ganz bestimmt nicht an die Tage vor 1945. Aber Sie haben ohne Zweifel von der schrecklichen Explosion in der Atomversuchsanlage, damals, 1958, gehört, als man versuchte, eine neue Art von Bombe herzustellen? Damals schien keiner der Beschäftigten verletzt zu sein. Man nahm an, der Schutz hätte ausgereicht. Aber zwei Jahre später waren sie alle tot oder lagen im Sterben.«

Mrs. Davis schüttelte traurig den Kopf. Welles hielt den Atem an, beugte den Kopf, schrieb.

»Tim wurde vierzehn Monate nach der Explosion geboren, vierzehn Monate auf den Tag genau. Alle dachten immer noch, daß kein Schaden angerichtet worden wäre. Aber die Strahlung hatte irgendeine Wirkung, die sehr langsam vor sich ging — ich verstehe von solchen Dingen nichts —, Edwin starb, und dann kam Emily mit dem Jungen nieder. Nach ein paar Monaten war auch sie tot.

Oh, aber wir klagen nicht wie jene, die keine Hoffnung haben. Es war ein schwerer Verlust, Dr. Welles, aber Mr. Davis und ich haben einen Punkt in unserem Leben erreicht, wo wir uns darauf freuen können, sie wiederzusehen. Wir hoffen, so lange zu leben, bis Timothy alt genug ist, um für sich selbst zu sorgen. Wir haben uns solche Sorgen um ihn gemacht, aber wie Sie sehen, ist er in jeder Beziehung völlig normal.«

»Ja.«

»Die Spezialisten haben alle möglichen Tests mit ihm durchgeführt. Aber mit Timothy ist alles in Ordnung.«

Der Psychiater blieb noch eine Weile, machte noch ein paar Notizen, und floh dann, sobald er konnte. Er fuhr zur Schule, sprach mit Miß Page ein paar Worte und nahm dann Tim mit in sein Büro, wo er ihm sagte, was er erfahren hatte.

»Sie meinen — ich bin eine Mutation?«

»Ein Mutant. Ja, das bist du höchstwahrscheinlich. Ich weiß es nicht. Aber ich mußte es dir sofort sagen.«

»Das muß ein dominanter Zug sein«, sagte Tim, »nachdem er bereits in der ersten Generation zutage tritt. Sie meinen — es könnte mehr geben? Ich bin nicht der einzige?« fügte er dann erregt hinzu. »Oh, Peter, selbst wenn ich an Ihnen vorbeiwachse, brauche ich nicht mehr einsam zu sein?«

Da war es. Er hatte es ausgesprochen.

»Das könnte sein, Tim. In deiner Familie gibt es sonst nichts, was dich erklären würde.«

»Aber ich habe nie jemanden wie mich gefunden. Ich hätte das gewußt. Ein anderer Junge oder ein anderes Mädchen in meinem Alter — wie ich —, das hätte ich gewußt.«

»Du bist mit deiner Mutter nach dem Westen gegangen. Wohin sind denn die anderen gegangen, wenn es sie gegeben hat? Ihre Eltern müssen sich überall verstreut haben. Im ganzen Land, in der ganzen Welt. Aber wir können ihre Spur verfolgen. Und, Tim, hast du nicht einmal darüber nachgedacht, daß es doch ein wenig seltsam ist, daß bei allen deinen Pseudonymen und den verschiedenen Kontakten die Leute nicht mehr darauf bestehen, sich mit dir zu treffen? Daß die Leute sich nicht nach dir erkundigen? Alles läuft über die Post? Es ist gerade so, als wären die Redakteure an Leute gewöhnt, die sich verbergen. Es ist gerade so, als wären die Leute an Architekten und Astronomen und Komponisten gewöhnt, die man nie zu Gesicht bekommt, die nur Namen in Postfächern sind. Es besteht da eine Möglichkeit — eine Möglichkeit wohlgemerkt —, daß es andere gibt. Und wenn es sie gibt, würden wir sie finden.«

»Ich werde einen Code ausarbeiten, den sie verstehen werden«, sagte Tim mit konzentrierter Miene. »In Artikeln — das werde ich tun —, einigen Magazinen und in Briefen kann ich Kopien beilegen — vielleicht sind einige meiner Brieffreunde diejenigen . . .«

»Ich werde in den Akten nachsehen — die müssen irgendwo abgelegt sein — Psychologen und Psychiater kennen alle möglichen Tricks — wir können uns irgendeine Begründung einfallen lassen — die Geburtsregister . . .«

Beide redeten gleichzeitig, aber die ganze Zeit über dachte Peter traurig, daß er Tim vielleicht jetzt verloren hatte. Wenn sie jene anderen fanden, jene, zu denen Tim rechtens gehörte, wo würde der arme Peter dann sein? Draußen, bei den Welpen?

Timothy Paul blickte auf und sah, daß Peter Welles Augen auf ihm ruhten. Er lächelte.

»Sie waren mein erster Freund, Peter, und das werden Sie immer sein«, sagte Tim. »Ganz gleich, was oder wer kommt.«

»Aber wir müssen nach den anderen Ausschau halten«, sagte Peter.

»Ich werde nie vergessen, wer mir geholfen hat«, sagte Tim.

Ein gewöhnlicher dreizehnjähriger Junge sagt so etwas vielleicht ganz ernsthaft und hat es eine Woche später vergessen. Aber Peter Welles war zufrieden. Tim würde nie vergessen. Tim würde immer sein Freund sein. Selbst wenn Timothy Paul und jene, die wie er waren, sich in einer ungeahnten Reife vereinen würden, um die Welt zu lenken, wenn sie das wollten, würde Peter Welles Tims Freund sein — kein junges Hündchen, sondern ein geliebter Freund —, so wie ein treuer Hund, den sein guter Herr liebt, nie ausgestoßen wird.

Jack Vance

Die Mondmotte

Das Hausboot war nach den strengsten Vorschriften sirenesischer Handwerkskunst gebaut, also mit solch absoluter Perfektion, daß kein menschliches Auge auch nur die geringste Unregelmäßigkeit erkennen konnte. Die Planken aus gewachstem, dunklem Holz zeigten keine Fugen, die Beschläge waren aus Platin gefertigt, ins Holz versenkt und glatt poliert. Was den Stil anging, so war das Boot massiv, breit und beständig wie das Ufer selbst, ohne behäbig zu sein. Der Bug wölbte sich vor wie die Brust eines Schwans, der Schiffschnabel reckte sich steil in die Höhe und bog sich dann nach vorne, so daß man eine eiserne Laterne an ihm aufhängen konnte. Die Türen waren aus schwarz geflecktem, grünen Holz geschnitten, die Fenster vielfach aufgeteilt und mit Glimmerscheiben verglast, die rosa, blau, blaßgrün und violett eingefärbt waren. Der Bug diente den Versorgungseinrichtungen und bot den Sklaven Quartier; mittschiffs gab es zwei Schlafkabinen, einen Speisesalon und einen weiteren Salon, der in das Beobachtungsdeck am Heck überging.

Solcher Art war Edwer Thissells Hausboot, aber sein Besitz verschaffte ihm weder Stolz noch Vergnügen. Das Hausboot war schäbig geworden. Der Teppich war zerschlissen, die geschnitzten Wände abgewetzt, die eiserne Laterne am Bug verrostet. Vor sechzig Jahren hatte der erste Besitzer, als er das Boot in Empfang nahm, dem Erbauer Ehre erwiesen, und seinerseits Ehre empfangen; die Transaktion (denn dies war ein Vorgang, der viel weiter ging als bloßes Geben und Nehmen) hatte das Prestige beider gesteigert. Aber jene Zeit war dahin; das Hausboot vermittelte jetzt keinerlei Prestige mehr. Edwer Thissell, erst seit drei Monaten Bewohner von Sirene, spürte das, konnte aber nichts dagegen tun: dieses spezielle Hausboot war das beste, das er bekommen konnte. Er saß auf dem Hinterdeck und übte die *Ganga,* ein zitherähnliches Instrument, nicht viel größer als seine Hand. Hundert Meter entfernt war ein Streifen weißer Strand hinter der Brandung zu erkennen; dahinter erhob sich der

Dschungel, eingebettet in die Silhouette gezackter, schwarzer Berge, die gegen den Himmel aufragten. Mireille schien dunstig und weiß vom Himmel, als hätte man ein Spinnennetz davorgezogen; das Antlitz des Ozeans hatte den Glanz von Perlmutt. Die Szene war ebenso vertraut, wenn auch nicht so langweilig wie die *Ganga* gewesen, mit der er sich jetzt seit zwei Stunden befaßte, indem er immer wieder die sirenesischen Tonleitern zupfte, Akkorde bildete und einfache Tonfolgen spielte. Jetzt legte er die *Ganga* hin und vertauschte sie mit dem *Zachinko,* dabei handelte es sich um ein kleines, mit Tasten versehenes Instrument, das man mit der rechten Hand spielte. Wenn man auf die Tasten drückte, wurde Luft durch Röhren gedrückt, die sich in den Tasten selbst befanden, was einen akkordeonähnlichen Klang erzeugte. Thissell spielte schnell hintereinander ein Dutzend Tonleitern und machte dabei nur wenige Fehler. Von den sechs Instrumenten, die zu lernen er sich vorgenommen hatte, hatte der *Zachinko* sich am wenigsten widerspenstig erwiesen (ausgenommen natürlich das *Hymerkin,* jenes klappernde, polternde Gerät aus Holz und Stein, das man ausschließlich für die Verständigung mit Sklaven benutzte).

Thissell übte noch zehn Minuten und legte dann den *Zachinko* beiseite. Er beugte die Arme, bewegte die schmerzenden Finger. Er hatte seit seiner Ankunft jeden Augenblick, den er nicht geschlafen hatte, mit den Instrumenten verbracht: dem *Hymerkin,* der *Ganga,* dem *Zachinko,* dem *Kiv,* dem *Strapan* und dem *Gomapard.* Er hatte Tonleitern in neunzehn Tonarten und vier Tempi geübt, Akkorde ohne Zahl, Intervalle, wie man sie auf den Heimatplaneten nicht einmal erahnte. Triller, Arpeggios, Glissandos; Klick- und Nasaltöne; das Dämpfen und Vermehrung von Obertönen; Vibratos und Wolfstöne; Konkavitäten und Konvexitäten. Er übte mit einer hartnäckigen, verbissenen Intensität, in der seine ursprüngliche Vorstellung, die Musik als Quelle des Vergnügens betrachtete, schon lange in Vergessenheit geraten war. Thissell warf einen Blick auf die Instrumente und widerstand dem Drang, alle sechs in den Titanik zu werfen.

Er stand auf, ging durch den Salon, den Speisesaal, durch einen Korridor, an der Kombüse vorbei und kam schließlich auf dem Vorderdeck heraus. Er beugte sich über die Reling und blickte in die Unterwasserpferche, wo Toby und Rex, die Sklaven, die Schleppfische für die wöchentliche Fahrt nach Fan, acht Meilen im Norden, anschirrten. Der jüngste Fisch, entweder verspielt oder unruhig, duckte sich und sprang. Seine schwarze Schnauze stieß aus dem Wasser, und Thissell, der ihm ins Gesicht blickte, empfand den Anblick seltsam peinlich: der Fisch trug keine Maske!

Thissell lachte verlegen und betastete seine eigene Maske: die Mondmotte. Ohne Zweifel, er fing an, sich auf Sirene zu akklimatisieren! Die Tatsache, daß das nackte Gesicht eines Fisches ihn schockierte, ließ erkennen, daß er ein bemerkenswertes Stadium erreicht hatte!

Endlich waren die Fische angeschirrt; Toby und Rex kletterten an Bord, ihre roten Körper glänzten, und die schwarzen Tuchmasken klebten an ihren Gesichtern. Ohne sich um Thissell zu kümmern, verstauten sie den Pferch und zogen den Anker hoch. Die Zugfische legten sich ins Geschirr, das sich spannte, und das Hausboot setzte sich in nördlicher Richtung in Bewegung.

Thissell kehrte aufs Achterdeck zurück und nahm den *Strapan* — dabei handelte es sich um ein ringförmiges Instrument von acht Zoll Durchmesser. Sechsundvierzig Drähte gingen von einer Nabe in der Mitte aus und führten zum Rand des Instruments, wo sie entweder mit einer Glocke oder einer kleinen Stange verbunden waren. Wenn man an den Drähten zupfte, schlugen die Glocken an, und die Stäbe ertönten; strich man das Instrument, so gab es ein pfeifendes, klirrendes Geräusch von sich. Wenn ein Virtuose es spielte, erzeugten die angenehm schrillen Dissonanzen eine sehr ausdrucksstarke Wirkung; in ungeübter Hand war der Klang weniger angenehm, fast könnte man sagen, dann wurde nur Lärm erzeugt. Der *Strapan* war für Thissell das schwierigste Instrument, und er übte während der ganzen Fahrt nach Norden konzentriert daran.

Nach einiger Zeit näherte sich das Hausboot der schwimmenden Stadt. Die Zugfische wurden losgeschirrt, das Hausboot an der Mole vertäut. Am Dock musterten ein paar Müßiggänger das Hausboot, die Sklaven und Thissell selbst prüfend, wie es auf Sirene Sitte ist. Thissell, der eine solch intensive Musterung noch nicht gewöhnt war, fand sie unangenehm, um so mehr wegen der Unbeweglichkeit der Masken. Er schob sich verlegen seine eigene Mondmotte zurecht und kletterte über die Leiter auf die Pier hinunter.

Ein Sklave, der dort gehockt hatte, erhob sich, legte die Knöchel an das schwarze Tuch, das seine Stirn bedeckte, und sang fragend: »Die Mondmotte vor mir drückt vielleicht die Identität von Ser Edwer Thissell aus?«

Thissell schlug an das *Hymerkin,* das an seinem Gürtel hing, und sang: »Ich bin Ser Thissell.«

»Ein Vertrauen hat mich geehrt«, sang der Sklave. »Drei Tage habe ich von der Morgendämmerung bis zum Abend an der Pier gewartet, drei Nächte von Sonnenuntergang bis zur Morgendämmerung habe ich mich auf ein Floß unter dieser Pier hier gekauert und den Füßen der Nachtmänner gelauscht. Endlich erblicke ich die Maske von Ser Thissell.«

Thissell entlockte dem *Hymerkin* ein paar ungeduldige Töne. »Welcher Art ist dieses Vertrauen?«

»Ich trage eine Botschaft, Ser Thissell. Die ist für Euch bestimmt.«

Thissell streckte die linke Hand aus und schlug mit der rechten das *Hymerkin* an. »Gib mir die Botschaft.«

»Sofort, Ser Thissell.«

Auf der Botschaft stand in großen Lettern:

DRINGENDE MITTEILUNG! EILT!

Thissell riß den Umschlag auf. Die Nachricht war von Castel Cromartin, dem geschäftsführenden Direktor des Ausschusses für Interwelt-Politik, unterzeichnet und lautete nach der förmlichen Grußfloskel:

ABSOLUT DRINGEND, daß die folgenden Anweisungen ausgeführt werden! An Bord der Carina Cruzeiro, *Bestimmungsort Fan, Ankunftsdatum 10. Januar U.T., befindet sich der notorische Meuchelmörder Haxo Angmark. Halten Sie sich bei der Landung mit entsprechenden Vollmachten bereit und veranlassen Sie, daß dieser Mann festgenommen und eingekerkert wird. Diese Anweisungen müssen erfolg-*

reich durchgeführt werden. Ein Mißerfolg kann nicht akzeptiert werden.

ACHTUNG! Haxo Angmark ist in höchstem Grade gefährlich. Töten Sie ohne zu zögern, falls er auch nur den geringsten Widerstand leistet.

Thissell musterte die Mitteilung verärgert. Als er als konsularischer Vertreter nach Fan gekommen war, hatte er nichts dergleichen erwartet; er verspürte weder Neigung noch hielt er sich für befähigt, mit gefährlichen Meuchelmördern umzugehen. Er rieb sich nachdenklich die flaumige, graue Wangenpartie seiner Maske. Die Situation war nicht völlig undurchschaubar; Esteban Rolver, der Direktor des Raumhafens, würde ihn ohne Zweifel unterstützen und vielleicht sogar einen Zug Sklaven zur Verfügung stellen.

Etwas hoffnungsvoller las Thissell die Nachricht ein zweitesmal. Zehnter Januar, Universal Zeit. Er warf einen Blick auf seinen Umrechnungskalender. Heute war der 40. in der Zeit des Bitteren Nektars — Thissell fuhr mit dem Finger die Spalten hinunter und hielt inne. Zehnter Januar. Heute!

Ein fernes Dröhnen erweckte seine Aufmerksamkeit. Ein stumpf leuchtendes Gebilde senkte aus dem Nebel herab; der Leichter, der von der *Carina Cruzeiro* aus dem Orbit zurückkehrte.

Thissell las die Nachricht ein drittesmal, hob den Kopf und studierte den landenden Leichter. Haxo Angmark würde an Bord sein. In fünf Minuten würde er den Boden Sirenes betreten. Die Landeformalitäten würden ihn vielleicht noch zwanzig Minuten beanspruchen. Das Landefeld war eineinhalb Meilen entfernt und mit Fan durch einen gewundenen Weg durch die Berge verbunden.

Thissell wandte sich dem Sklaven zu. »Wann ist diese Nachricht eingetroffen?«

Der Sklave beugte sich verständnislos vor. Thissell wiederholte seine Frage, indem er zu den Klängen des *Hymerkin* sang: »Diese Nachricht: wie lange hast du die Ehre genossen, sie in deinem Gewahrsam zu halten?«

Der Sklave sang: »Lange Tage habe ich an der Mole gewartet

und bin nur, wenn die Abenddämmerung einsetzte, auf das Floß zurückgekehrt. Jetzt wird meine Wache belohnt; ich erblicke Ser Thissell.«

Thissell wandte sich ab und ging gereizt die Pier entlang. Diese tölpelhaften Sirenesen! Warum hatten sie ihm die Nachricht nicht auf sein Hausboot gebracht? Fünfundzwanzig Minuten — zweiundzwanzig jetzt ...

An der Esplanade blieb Thissell stehen und blickte zuerst nach rechts, dann nach links, erhoffte ein Wunder: irgendeine Fluggelegenheit, die ihn zum Raumhafen bringen würde, wo er mit Rolvers Hilfe vielleicht immer noch Haxo Angmark würde festhalten können. Oder, noch besser, eine zweite Nachricht, die die erste widerrief. Etwas, irgend etwas ... aber auf Sirene gab es keine Luftwagen, und es kam auch keine zweite Nachricht.

Auf der Esplanade erhob sich eine armselige Reihe fester Bauten aus Stein und Eisen, und somit den Angriffen der Nachtmenschen gewachsen. In einem der Gebäude war ein Stallknecht, und während Thissell noch sein Haus beobachtete, kam ein Mann in einer herrlichen Maske aus Perlmutt und Silber heraus; er ritt eines der echsenähnlichen Reittiere von Sirene.

Thissell sprang vor. Noch war Zeit; wenn er Glück hatte, würde er Haxo Angmark immer noch aufhalten können. Er eilte über die Esplanade.

Vor den Pferchen stand der Stallknecht und musterte seine Tiere, wobei er gelegentlich ein Insekt wegscheuchte. Insgesamt hatte er fünf Tiere, die sich alle in erstklassiger Form befanden; jedes war so groß wie ein Mensch, hatte massive Beine, einen dicken Körper und einen schweren, keilförmigen Kopf. Von ihren Vorderfängen, die man künstlich verlängert und halbkreisförmig gebogen hatte, hingen goldene Ringe; die Schuppen waren rautenförmig gefärbt: purpur und grün, orange und schwarz, rot und blau, braun und rosa, gelb und silber.

Thissell kam vor dem Stallknecht atemlos zum Stillstand. Er griff nach seinem *Kiv*[1]) und zögerte. War es richtig, dies als ein

[1]) *Kiv:* Fünf Reihen elastischer Metallstreifen, vierzehn pro Reihe, die man zum Erklingen bringt, indem man sie berührt, verdreht oder zupft.

beiläufiges, persönliches Zusammentreffen zu betrachten? Der *Zachinko* vielleicht? Aber die Darstellung seiner Bedürfnisse schien keine formelle Annäherung zu erfordern. Besser doch den *Kiv.* Er schlug einen Akkord an und bemerkte zu spät, daß er versehentlich die *Ganga* benutzt hatte. Thissell grinste; um Nachsicht bittend, unter seiner Maske; seine Beziehung zu diesem Stallknecht war keineswegs intimer Natur. Er hoffte, daß der Stallknecht dem Wesen nach gutmütig war. Außerdem war die Situation so dringlich, daß keine Zeit war, ein genau passendes Instrument auszuwählen. Er schlug einen zweiten Akkord an und sang seine Frage, wobei er so gut spielte, wie seine Erregung, seine Atemlosigkeit und sein mangelhaftes Geschick im Umgang mit dem Instrument es erlaubten: »Ser Stallknecht, ich benötigte sofort ein schnelles Reittier. Erlaubt mir, eines aus Eurer Herde auszuwählen.«

Der Stallknecht trug eine höchst komplizierte Maske, die Thissell nicht identifizieren konnte: eine Konstruktion aus gefärbtem braunem Tuch, gefälteltem grauem Leder und hoch auf der Stirn zwei große, scharlachrot und grün gefärbte Kugeln mit winziger Facettierung wie Insektenaugen. Er musterte Thissell lange, wählte dann ziemlich ostentativ sein *Stimic,*[2]) entlockte ihm eine virtuose Folge von Trillern und Akkorden, deren Bedeutung Thissell nicht begriff, und sang: »Ser Mondmotte, ich fürchte, meine Tiere sind für eine Person von Eurer Bedeutung ungeeignet.«

Thissell zupfte dringlich an seiner *Ganga.* »Keineswegs, sie scheinen mir alle passend. Ich bin in großer Eile und gerne bereit, jedes Tier aus der Gruppe anzunehmen.«

Der Stallknecht spielte ein schrill ansteigendes Crescendo. »Ser Mondmotte«, sang er, »unsere Tiere sind krank und schmutzig. Ich fühle mich geschmeichelt, daß Ihr sie für Eure Zwecke gebrauchen wollt. Ich kann Euer Angebot nicht annehmen. Und« — hier vertauschte er die Instrumente und schlug auf

---

[2]) *Stimic:* Drei flötenähnliche Rohre mit Ventilen. Vermittels Daumen und Zeigefinger wird ein Luftsack gedrückt, um Luft über die Mundstücke zu treiben; die drei anderen Finger betätigen den Schieber. Das *Stimic* ist ein Instrument, das sich gut für Gefühle kühler Zurückhaltung, ja sogar Mißbilligung, eignet.

seinem *Krodatch*[3]) einen schrillen Ton an — »irgendwie vermag ich den Freund und Berufskollegen nicht zu erkennen, der mich so vertraulich mit seiner *Ganga* anspricht.«

Es war klar, was er damit andeuten wollte. Thissell würde kein Reittier erhalten. Er wandte sich um und fing an, auf das Landefeld zuzulaufen. Hinter ihm war das *Hymerkin* des Stallknechtes zu hören — ob sein Klang nun für die Sklaven des Stallknechtes oder für ihn bestimmt war, würde Thissell nie erfahren, weil er sich nicht die Zeit nahm, stehenzubleiben.

Der letzte konsularische Vertreter des Heimatplaneten auf Sirene war in Zundar getötet worden. Als Kneipenheld maskiert, hatte er ein Mädchen angesprochen, das bereits die Bänder der Äquinoktial-Feiern trug, eine Verfehlung, auf die hin er sofort von einem Roten Demiurgus, einem Sonnenkobold und einer Magischen Hornisse geköpft worden war. Edwer Thissell, der erst kürzlich die Prüfung am Institut absolviert hatte, war zu seinem Nachfolger ernannt worden; man hatte ihm drei Tage Zeit gelassen, sich zu präparieren. Thissell, der normalerweise von vorsichtiger Sinnesart war, hatte die Ernennung als Herausforderung angesehen. Er hatte die Sprache von Sirene vermittels subzerebraler Techniken erlernt und sie als unkompliziert empfunden.

Dann las er im *Journal für universelle Anthropologie:*

Die Bevölkerung der Küsten des Titanik ist von höchst individualistischer Art, wahrscheinlich infolge einer besonders freigebigen natürlichen Umgebung, die keine Gruppenaktivitäten erfordert. Dieser Eigenart entsprechend, drückt die Sprache die Laune des Individuums, seine emotionelle Haltung angesichts einer bestimmten Situation, aus. Faktische Informationen werden als nur zweitrangig angesehen. Außerdem wird die Sprache gesungen, im charakteristischen Falle von einem kleinen Instrument begleitet. Dies führt dazu, daß es sehr schwierig ist, von einem Eingeborenen von Fan oder der verbotenen Stadt Zundar genaue

---

3) *Krodatch:* Ein kleines, rechteckiges Kästschen, das mit Darmsaiten bespannt ist. Der Musikant kratzt die Saiten mit dem Fingernagel oder streicht sie mit den Fingerspitzen, um eine Vielzahl leiser, formeller Töne zu erzeugen. Der *Krodatch* wird auch als Instrument der Beleidigung benutzt.

Auskunft zu erhalten. Vielmehr muß man damit rechnen, elegante Arien und Demonstrationen erstaunlicher Virtuosität auf einer Vielzahl von Musikinstrumenten zu hören. Der Besucher dieser faszinierenden Welt muß daher lernen, sich in der dort üblichen Art und Weise auszudrücken, will er vermeiden, mit großer Verachtung behandelt zu werden.

Thissell machte sich eine Notiz: *Kleines Musikinstrument und Gebrauchsanweisung beschaffen.* Er las weiter:

Überall und zu jeder Zeit steht ein reichliches Angebot, um nicht zu sagen, ein Überfluß an Nahrung zur Verfügung, und das Klima ist höchst angenehm. Erfüllt von großer Energie und mit viel Muße gesegnet, befaßt die Bevölkerung sich mit Feinheiten: Feinheiten in allen Dingen; einer ausgeklügelten Handwerkskunst, wie beispielsweise geschnitzten Paneelen, die ihre Hausboote schmücken; feinster Symbolik, wie sie beispielsweise die Masken zeigen, die alle tragen; der komplizierten, halb musikalischen Sprache, die in bewundernswerter Weise subtile Stimmungen und Gefühle auszudrücken vermag, und mehr als alles andere die fantastische Feinheit der persönlichen Beziehungen. Prestige, Gesicht, Mana, *Ruf, Ruhm: das sirenesische Wort ist* Strakh. *Jeder Mann hat sein charakteristisches* Strakh, *welches bestimmt, ob er, wenn er ein Hausboot benötigt, bedrängt werden wird, sich eines schwimmenden Palastes zu bedienen, geschmückt mit Juwelen, Alabasterlaternen, Fayencen und geschnitztem Holz, oder ob man ihm widerstrebend eine elende Hütte auf einem Floß zubilligt. Es gibt kein offizielles Tauschmittel auf Sirene; die eine und einzige Währung ist* Strakh ...

Man trägt stets Masken, das steht in Einklang mit der Philosophie, daß kein Mensch gezwungen werden sollte, ein Äußeres zu zeigen, das ihm Faktoren aufgezwungen haben, über die er keine Kontrolle hat; er sollte die Möglichkeit besitzen, jene Ähnlichkeit auszuwählen, die seinem Strakh *am besten entspricht. In den zivilisierten Regionen von Sirene — also den Küstengebieten der Titanik — zeigt ein Mann sein Gesicht buchstäblich nie; es ist sein wesentlichstes Geheimnis.*

Demzufolge ist jegliches Glücksspiel auf Sirene unbekannt; es wäre für die Selbstachtung eines Sirenesen katastrophal, sich durch andere Mittel als die Ausübung von Strakh *Vorteile zu verschaffen. Das Wort ›Glück‹ hat in der Sprache von Sirene keine Entsprechung.*

Thissell machte sich eine weitere Notiz: *Maske beschaffen. Museum? Schauspielergewerkschaft?*

Er beendete seine Lektüre des Artikels, beeilte sich, seine Vorbereitungen abzuschließen, und schiffte sich am nächsten Tage auf der *Robert Astroguard* zu ersten Etappe seiner Reise nach Sirene ein.

Der Leichter landete auf dem Raumhafen von Sirene, eine Topas-Scheibe, isoliert inmitten der schwarzen, grünen und purpurfarbenen Berge. Der Leichter setzte auf, und Edwer Thissell trat vor. Esteban Rolver, der Agent für Spaceways, erwartete ihn. Rolver warf die Hände hoch und trat zurück. »Ihre Maske«, rief er erschreckt. »Wo ist Ihre Maske?«

Thissell hob sie etwas verlegen. »Ich war gar nicht sicher . . .«

»Setzen Sie sie auf!« sagte Rolver und wandte sich ab. Er selbst trug ein Gebilde aus mattgrünen Schuppen und blau lackiertem Holz. An den Wangen traten schwarze Borsten hervor, und unter seinem Kinn hing eine schwarz-weiß gefleckte Quaste, was insgesamt den Eindruck einer zynischen Persönlichkeit erweckte.

Thissell rückte sich die Maske vor dem Gesicht zurecht und war unschlüssig, ob er einen Witz machen oder sich der Würde seines Amtes entsprechend reserviert verhalten sollte.

»Sind Sie maskiert?« erkundigte sich Rolver über die Schulter.

Thissell bejahte die Frage, und Rolver drehte sich um. Die Maske verbarg seinen Gesichtsausdruck, aber seine rechte Hand betätigte ein paar Tasten an seiner Hüfte. Das Instrument gab einen Triller von sich, der Schock und höfliche Verblüffung ausdrückte. »Die Maske können Sie nicht tragen!« sang Rolver. »Sagen Sie — wo, wie, haben Sie sie bekommen?«

»Das ist die Kopie einer Maske aus dem Museum von Polypolis«, erklärte Thissell etwas gereizt. »Ich bin sicher, daß sie authentisch ist.«

Rolver nickte, was den Ausdruck seiner Maske noch zynischer erscheinen ließ. »Freilich ist sie authentisch. Das ist eine Abwandlung des Typs, den man als ›Seedrachen-Eroberer‹ bezeichnet, sie wird bei zeremoniellen Anlässen von Personen von ungeheurem Prestige getragen: Fürsten, Helden, Meisterhandwerker, große Musiker!«

»Mir war nicht bewußt . . .«

Rolver machte eine verständnisvolle Handbewegung. »Sie werden das nach einiger Zeit begreifen. Sehen Sie meine Maske. Heute trage ich einen Tarnvogel. Personen von geringem Prestige — so wie Sie, ich und jeder andere Außenweltler — tragen so etwas.«

»Seltsam«, sagte Thissell, als sie über das Feld auf ein niedriges Betonblockhaus zugingen. »Ich nahm an, jeder könnte jede beliebige Maske tragen.«

»Sicher«, sagte Rolver. »Sie können jede Maske tragen, die Sie wollen — wenn Sie es durchsetzen. Dieser Tarnvogel zum Beispiel. Ich trage die Maske, um anzudeuten, daß ich mir nichts anmaße. Ich behaupte nicht, Weisheit, Wildheit, Vielseitigkeit, Musiktalent oder ein Dutzend anderer sirenesischer Tugenden zu besitzen.«

»Nur interessehalber«, sagte Thissell, »was würde geschehen, wenn ich in dieser Maske durch die Straßen von Zundar ginge?«

Rolver lachte, ein halbersticktes Geräusch hinter seiner Maske. »Wenn Sie in irgendeiner Maske über die Piers von Zundar gingen — Straßen gibt es nicht —, würde man Sie innerhalb einer Stunde töten. Das ist es, was Benko, Ihrem Vorgänger, widerfahren ist. Er wußte nicht, wie man sich verhält. Keiner von uns Außenweltlern weiß, wie man sich korrekt verhält. In Fan duldet man uns — so lernen wir uns nichts anmaßen, was uns nicht zusteht. Aber in dem Aufzug könnten Sie nicht einmal in Fan herumlaufen. Jemand mit einer Feuerschlange oder einem Donnerkobold — Masken, müssen Sie wissen — würde auf Sie zutreten. Er würde seinen *Krodatch* spielen, und wenn Sie seine Frechheit nicht mit einer Passage auf dem *Skaranyi*[4]) erwiderten, einem teuflischen Instrument, würde er sein *Hymerkin* spielen — das Instrument, das wir für die Sklaven benutzen. Das ist der

---

4) *Skaranyi:* Ein Miniatur-Dudelsack; man drückt den Sack zwischen Daumen und Handfläche, und die vier Finger betätigen Löcher an vier Rohren.

Ausdruck höchster Verachtung. Oder er könnte seinen Duellgong schlagen und Sie sofort angreifen.«

»Ich hatte keine Ahnung, daß die Leute hier so reizbar sind«, sagte Thissell halblaut.

Rolver zuckte die Achseln und öffnete die mächtige Stahltür, die in sein Büro führte. »Auf der Promenade von Polypolis darf man auch gewisse Dinge nicht tun, ohne sich der Kritik auszusetzen.«

»Ja, das ist richtig«, sagte Thissell. Er sah sich in dem Büro um. »Warum diese Sicherheitsvorkehrungen? Der Beton, der Stahl?«

»Schutz gegen die Wilden«, sagte Rolver. »Sie kommen nachts von den Bergen herunter und stehlen, was nicht niet- und nagelfest ist, und töten jeden, den sie an Land finden.« Er trat an einen Schrank und entnahm ihm eine Maske. »Hier. Nehmen Sie diese Mondmotte; mit der bekommen Sie keine Schwierigkeiten.«

Thissell musterte die Maske ohne große Begeisterung. Sie bestand aus mausgrauem Pelz; zu beiden Seiten der Mundöffnung waren Haarbüschel angebracht, und an der Stirne ein paar federähnliche Antennen. Weiße, spitzenbesetzte Lappen hingen neben den Schläfen herunter, und unter den Augen waren ein paar rote Falten. Das Ganze wirkte recht komisch.

Thissell fragte: »Drückt diese Maske irgendwelches Prestige aus?«

»Nicht sehr viel.«

»Ich bin schließlich konsularischer Vertreter«, sagte Thissell. »Ich vertrete die Heimatplaneten, einhundert Milliarden Menschen . . .«

»Wenn die Heimatplaneten wollen, daß ihr Vertreter eine Seedrachen-Eroberer-Maske trägt, sollten sie einen Seedrachen-Eroberer-Typ schicken.«

»Ich verstehe«, sagte Thissell kleinlaut. »Nun, wenn ich muß . . .«

Rolver wandte höflich den Blick ab, während Thissell den Seedrachen-Eroberer abnahm und sich die bescheidenere Mondmotte über den Kopf zog. »Ich nehme an, ich kann in einem der Geschäfte etwas Passenderes finden«, sagte Thissell. »Ich habe gehört, man geht einfach hinein und nimmt sich, was man braucht, stimmt das?«

Rolver sah Thissell kritisch an. »Diese Maske ist — zumindest für den Augenblick — völlig ausreichend. Und es ist ziemlich wichtig, nichts aus den Läden zu nehmen, so lange Sie den *Strakh*-Wert des Artikels, den Sie haben möchten, nicht kennen. Der Besitzer verliert Prestige, wenn eine Person von niedrigem *Strakh* sich Freiheiten hinsichtlich seiner besten Arbeiten herausnimmt.«

Thissell schüttelte verzweifelt den Kopf. »Man hat mir nichts von alledem erklärt! Ich wußte natürlich von den Masken und von der mühsamen Handwerkskunst der Leute hier, aber dieses Beharren auf Prestige — *Strakh,* oder wie das heißt . . .«

»Macht nichts«, sagte Rolver. »Nach ein oder zwei Jahren werden Sie anfangen, sich hier zurechtzufinden. Ich nehme an, Sie sprechen die hiesige Sprache?«

»Oh, ja. Sicher.«

»Und welche Instrumente spielen Sie?«

»Nun — man hat mir gesagt, jedes kleine Instrument sei ausreichend, es würde auch genügen, wenn ich nur singe.«

»Sehr ungenau. Nur Sklaven singen ohne Begleitung. Ich schlage vor, daß Sie die folgenden Instrumente so schnell wie möglich erlernen: Das *Hymerkin* für Ihre Sklaven. Die *Ganga* für Gespräche zwischen intimen Bekannten oder mit jemandem, dessen *Strakh* eine Spur unter dem Ihren steht. Den *Kiv* für beiläufige, höfliche Gespräche. Den *Zachinko* für formellere Anlässe. Den *Strapan* oder den *Krodatch* für gesellschaftlich Unterlegene — in Ihrem Falle, sofern Sie jemanden beleidigen wollen. Das *Gomapard*[5]) oder den *Doppel-Kamanthil*[6]) für zeremonielle Anlässe.« Er dachte einen Augenblick lang nach. »Die *Crebarin,* die Wasserlaute und der *Slobo* sind auch sehr nützlich — aber vielleicht sollten Sie zuerst die anderen Instrumente erlernen.

---

5) *Gomapard:* Eines der wenigen elektrischen Instrumente, die auf Sirene benutzt werden. Ein Oszillator erzeugt einen oboenähnlichen Ton, der mit vier Tasten moduliert, gedämpft oder angehoben wird.

6) *Doppel-Kamanthil:* Ein Instrument ähnlich der *Ganga,* nur daß die Töne erzeugt werden, indem eine Scheibe aus Leder, die mit Harz getränkt ist, gegen eine oder mehr der sechsundvierzig Saiten gedrückt wird.

Dann sind Ihnen wenigstens rudimentäre Gespräche möglich.«

»Übertreiben Sie nicht etwas?« fragte Thissell. »Oder machen Sie sich lustig?«

Rolver lachte breit. »Ganz und gar nicht. Zuallererst brauchen Sie ein Hausboot. Und dann natürlich Sklaven.«

Rolver führte Thissell vom Landefeld zu den Docks von Fan, ein Spaziergang von eineinhalb Stunden auf einem angenehmen Weg unter riesigen Bäumen, die mit Früchten wie Getreideschoten und Säcken voll zuckerartigem Saft behängt waren.

»Im Augenblick gibt es in Fan nur vier Außenweltler«, sagte Rolver, »Sie eingeschlossen. Ich bringe Sie zu Welibus, das ist unser Handelsfaktor. Ich nehme an, daß er ein altes Hausboot hat, das er Ihnen überlassen kann.«

Cornely Welibus lebte seit fünfzehn Jahren in Fan und hatte sich genügend *Strakh* erworben, um seine Südwindmaske unangefochten tragen zu können. Sie bestand aus einer blauen Scheibe, in die Lapislazuli eingelegt und die von schimmernder Schlangenhaut gesäumt war. Er war herzlicher als Rolver und stellte Thissell nicht nur ein Hausboot, sondern auch ein Dutzend verschiedener Musikinstrumente sowie zwei Sklaven zur Verfügung.

Die Großzügigkeit war Thissell peinlich, und er stammelte etwas von Bezahlung, aber Welibus brachte ihn mit einer großzügigen Geste zum Schweigen. »Mein lieber Freund, dies hier ist Sirene, solche Belanglosigkeiten kosten nichts.«

»Aber ein Hausboot . . .«

Welibus spielte eine höfliche kleine Kadenz auf seinem *Kiv*. »Ich will offen zu Ihnen sein, Ser Thissell. Das Boot ist alt und ein wenig schäbig. Ich kann es mir nicht leisten, es zu benutzen; mein Status würde leiden.« Eine Melodie begleitete seine Worte. »Sie brauchen sich im Augenblick noch keine Gedanken bezüglich Ihres Status zu machen. Sie benötigen nur eine Unterkunft, Bequemlichkeit und Schutz vor den Nachtmännern.«

»Nachtmännern?«

»Das sind die Kannibalen, die nach Einbruch der Dunkelheit am Ufer entlangstreifen.«

»O ja. Ser Rolver erwähnte sie.«

»Schreckliche Geschöpfe. Wir wollen nicht über sie sprechen.« Ein erschreckter kleiner Triller erklang aus seinem *Kiv.* »Jetzt zu den Sklaven.« Er tippte sich nachdenklich mit dem Zeigefinger an die blaue Scheibe seiner Maske. »Rex und Toby sollten Ihnen gute Dienste leisten können.« Er hob seine Stimme und spielte ein paar Noten auf dem *Hymerkin. »Avan esx trobu!«*

Eine Sklavin, die in eng anliegende Bänder aus rosafarbenem Tuch gehüllt war, und eine schwarze Maske mit Perlmuttpailletten trug, erschien.

»Fascu etz Rex ae Toby.«

Rex und Toby erschienen. Sie trugen locker anliegende, schwarze Tuchmasken und rot-braune Jacken. Welibus sprach sie mit einer Melodie auf seinem *Hymerkin* an und verpflichtete sie zum Dienste für ihren neuen Herrn, bei Strafe, auf ihre Heimatinsel zurückkehren zu müssen. Sie warfen sich zu Boden und sangen Thissell mit weichen Stimmen Gelöbnisse treuen Dienstes zu. Thissell lachte nervös und versuchte, einen Satz in der sirenesischen Sprache. »Geht zum Hausboot, säubert es gut und bringt Essen an Bord.«

Toby und Rex starrten ihn ausdruckslos durch die Löcher ihrer Masken an. Welibus wiederholte die Befehle mit *Hymerkin*-Begleitung. Die Sklaven verneigten sich und gingen.

Thissell musterte die Musikinstrumente verstört. »Ich habe nicht die leiseste Ahnung, wie ich es anstellen soll, das Spielen dieser Dinger zu lernen.«

Welibus wandte sich zu Rolver. »Wie wäre es mit Kershaul? Könnte man ihn überreden, Ser Thissell einige Grundkenntnisse zu vermitteln?«

Rolver nickte nachdenklich. »Ja, Kershaul könnte das machen.«

Thissell fragte: »Wer ist Kershaul?«

»Der Dritte in unserer kleinen Schar«, erwiderte Welibus, »ein Anthropologe. Haben Sie *Glänzendes Zundar* gelesen? *Die Rituale von Sirene? Volk ohne Gesicht?* Nein? Schade. Alles ausgezeichnete Werke. Kershaul genießt hohes Prestige und besucht, glaube ich, Zundar von Zeit zu Zeit. Er trägt eine Höhleneule, manchmal einen Sternenwanderer, oder sogar einen Weisen Gebieter.«

»In letzter Zeit trägt er eine Äquatorialschlange«, sagte Rolver. »Die Variante mit den goldenen Hauern.«

»Wahrhaftig!« staunte Welibus. »Nun, ich muß sagen, er hat es sich verdient. Ein guter Mann, wirklich ein braver Bursche.« Dabei zupfte er nachdenklich an seinem *Zachinko.*

Drei Monate verstrichen. Unter Anleitung von Mathew Kershaul übte Thissell das *Hymerkin,* die *Ganga,* den *Strapan,* den *Kiv,* das *Gompard* und den *Zachinko.* Der *Doppel-Kamanthil,* der *Krodatch,* das *Slobo,* die Wasserflöte und einige andere konnten noch warten, meinte Kershaul, bis Thissell wenigstens die sechs Grundinstrumente beherrschte. Er lieh Thissell Aufzeichnungen von Sirenesen, die sich in verschiedenen Stimmungen und unter verschiedener Begleitung unterhielten, damit Thissell die zur Zeit üblichen melodischen Konventionen erlernen und sich in den Feinheiten der Betonung der verschiedenen Rhythmen, Gegenrhythmen, Mischrhythmen, implizierten Rhythmen und unterdrückten Rhythmen üben konnte. Kershaul erklärte, er fände die Musik von Sirene faszinierend, und Thissell mußte einräumen, daß es sich um ein Thema handelte, das nicht so schnell zu erschöpfen war. Die Vierteltonabstimmungen der Instrumente gestatteten den Gebrauch von vierundzwanzig Klangfarben, die im Verein mit den fünf allgemein benutzten Tonarten einhundertzwanzig unterschiedliche Tonleitern erlaubten. Doch Kershaul riet Thissell, daß er sich in erster Linie darauf konzentrieren sollte, jedes Instrument in seiner grundsätzlichen Klangfarbe zu erlernen und dabei nur zwei Tonarten zu benutzen.

Da Thissell im Augenblick, abgesehen von den wöchentlichen Besuchen bei Mathew Kershaul, keine besonderen Aufgaben hatte, fuhr er mit dem Hausboot acht Meilen nach Süden und ging im Windschatten eines felsigen Vorgebirges vor Anker. Hier lebte er, abgesehen von den mühsamen Übungen mit den vielfältigen Musikinstrumenten, ein idyllisches Leben. Die See war ruhig und kristallklar; der Strand, gesäumt von dem grauen, grünen und purpurnen Blattwerk des Waldes, lag ganz in der Nähe, wenn er sich einmal die Beine vertreten wollte.

Toby und Rex hielten sich in zwei Kammern im Vorderschiff auf. Thissell hatte die Heckkabinen für sich. Von Zeit zu Zeit spielte er mit dem Gedanken, einen dritten Sklaven anzuschaffen, vielleicht sogar eine junge Frau, um etwas Fröhlichkeit auf das Schiff zu bringen, aber Kershaul riet davon ab, weil er befürchtete, daß dies Thissells Konzentration beeinträchtigen könnte. Thissell gab sich zufrieden und widmete sich ganz dem Studium der sechs Instrumente.

Die Tage verstrichen schnell. Thissell wurde des herrlichen Anblicks von Morgendämmerung und Sonnenuntergang nie müde; die weißen Wolken und die blaue See des Mittags, der Nachthimmel, an dem die neunundzwanzig Sterne des Sternhaufens SI 1—715 prangten. Die wöchentliche Fahrt nach Fan ließ keine Langeweile aufkommen. Toby und Rex kauften Lebensmittel; Thissell besuchte das prunkvolle Hausboot von Mathew Kershaul, um sich dort Rat und Anregung zu holen. Dann kam, drei Monate nach Thissells Ankunft, die Nachricht, die seine Routine völlig aus dem Gleichgewicht brachte: Haxo Angmark, Meuchelmörder, *agent provocateur,* gefährlicher, rücksichtsloser Verbrecher, war nach Sirene gekommen. *Daß dieser Mann festgenommen und eingekerkert wird,* stand in den Anweisungen. *Achtung! Haxo Angmark ist in höchstem Grade gefährlich. Töten Sie ohne zu zögern!*

Thissell war nicht in bester Kondition. Er trottete fünfzig Meter, bis sein Atem stoßend ging, dann ging er in eine langsamere Gangart über: durch flache Hügel, gekrönt von weißem Bambus und schwarzen Baumfarnen; über Wiesen, gelb von Grasnüssen, durch Obsthaine und wilde Weinberge. Zwanzig Minuten verstrichen, fünfundzwanzig Minuten, und Thissell wußte, daß er zu spät kommen würde. Haxo Angmark war gelandet und bewegte sich vielleicht auf eben dieser Straße auf Fan zu. Aber unterwegs begegnete Thissell nur vier Personen: einem Knabenkind in einer verspielt wilden Alk-Insel-Maske; zwei jungen Frauen, die den Rotvogel und den Grünvogel trugen, einem Mann, der als Waldkobold maskiert war. Als er sich dem Mann gegenübersah, blieb Thissell stehen. Ob dies Angmark war?

Thissell versuchte es mit einer List. Er ging beherzt auf den Mann zu und starrte die scheußliche Maske an. »Angmark«, rief er in der Sprache der Heimatplaneten, »Sie sind verhaftet!«

Der Waldkobold starrte ihn verständnislos an und setzte seinen Weg dann fort.

Thissell trat ihm in den Weg. Er griff nach seiner *Ganga,* erinnerte sich dann der Reaktion des Stallknechts und schlug statt dessen einen Akkord auf dem *Zachinko* an. »Ihr reist die Straße vom Raumhafen«, sang er, »was habt Ihr dort gesehen?«

Der Waldkobold griff nach seiner Handfanfare, einem Instrument, das man dazu benutzt, Gegner auf dem Schlachtfeld zu verspotten, Tiere zu rufen oder, gelegentlich, Streitsüchtigkeit an den Tag zu legen. »Wohin ich reise und was ich sehe, geht nur mich etwas an. Geht mir aus dem Weg, oder ich trete Euch nieder!« Er ging weiter, und wäre Thissell nicht zur Seite gesprungen, so hätte der Waldkobold seine Drohung leicht wahrmachen können.

Thissell stand da und starrte ihm nach. Angmark? Nein, das war unwahrscheinlich, dazu hatte er die Handfanfare zu gut beherrscht. Thissell zögerte, drehte sich dann um und setzte seinen Weg fort.

Als er den Raumhafen erreichte, ging er direkt ins Büro. Die schwere Tür stand offen; als Thissell sich ihr näherte, erschien ein Mann im Eingang. Er trug eine Maske aus stumpfgrünen Schuppen, Glimmerplatten, blau lackiertem Holz und schwarzen Borsten — der Tarnvogel.

»Ser Rolver«, rief Thissell besorgt, »wer ist von der *Carina Cruzero* angekommen?«

Rolver musterte Thissell lange. »Weshalb fragen Sie?«

»Weshalb ich frage?« wiederholte Thissell. »Sie müssen doch das Astrogramm gesehen haben, das ich von Castel Cromartin bekam!«

»O ja«, sagte Rolver. »Natürlich. Freilich.«

»Es ist mir erst vor einer halben Stunde ausgehändigt worden«, sagte Thissell bitter. »Ich bin so schnell ich konnte hergekommen. Wo ist Angmark?«

»In Fan, nehme ich an«, sagte Rolver.

Thissell fluchte leise. »Warum haben Sie ihn nicht aufgehalten, ihn irgendwie festgehalten?«

Rolver zuckte die Achseln. »Ich hatte weder die Befugnis noch Lust, noch eine Möglichkeit, ihn aufzuhalten.«

Thissell unterdrückte seinen Ärger. Mit betont ruhiger Stimme sagte er: »Auf dem Weg begegnete ich einem Mann in einer ziemlich scheußlichen Maske — Augen groß wie Teller und rote Kehllappen.«

»Ein Waldkobold«, sagte Rolver. »Angmark hat diese Maske mitgebracht.«

»Aber er hat die Handfanfare vorzüglich gespielt«, protestierte Thissell. »Wie kann Angmark . . .«

»Er ist mit Sirene gut vertraut; er hat fünf Jahre hier in Fan gelebt.«

Thissell knurrte verärgert: »Das hat Cromartin nicht gewußt?«

»Das ist allgemein bekannt«, sagte Rolver und zuckte die Achseln. »Er war kommerzieller Delegierter hier, ehe Welibus das übernahm.«

»War er mit Welibus bekannt?«

Rolver lachte. »Natürlich. Aber Sie sollten den armen Welibus nicht verdächtigen, daß er einer größeren Gesetzesübertretung fähig wäre, höchstens eines kleinen Spesenschwindels. Ich kann Ihnen versichern, er läßt sich nicht mit Meuchelmördern ein.«

»Weil wir von Meuchelmördern sprechen«, sagte Thissell, »haben Sie eine Waffe, die ich mir ausleihen könnte?«

Rolver sah ihn verblüfft an. »Sie sind mit bloßen Händen hierhergekommen, um Angmark festzunehmen?«

»Ich hatte keine Wahl«, sagte Thissell. »Wenn Cromartin Befehle erteilt, erwartet er Resultate. Jedenfalls waren Sie mit Ihren Sklaven hier.«

»Erwarten Sie bloß von mir keine Hilfe«, sagte Rolver verdrießlich. »Ich trage den Tarnvogel und behaupte nicht, daß ich mutig wäre. Aber ich kann Ihnen eine Energiepistole leihen. Ich habe sie lange nicht mehr benutzt; für die Ladung übernehme ich keine Garantie.«

»Besser als gar nichts«, sagte Thissell. Rolver ging in sein Büro und kam kurz darauf mit der Waffe zurück. »Was werden Sie jetzt tun?«

Thissell schüttelte müde den Kopf. »Ich werde versuchen, Angmark in Fan zu finden. Oder meinen Sie, daß er nach Zundar gehen wird?«

Rolver überlegte. »Angmark könnte durchaus in Zundar überleben. Aber vorher will er sicherlich seine Musikkenntnisse etwas aufpolieren. Ich denke, er wird ein paar Tage in Fan bleiben.«

»Aber wie kann ich ihn finden? Wo sollte ich nachsehen?«

»Das kann ich nicht sagen«, erwiderte Rolver. »Besser wäre es für Sie, wenn Sie ihn nicht finden. Angmark ist ein gefährlicher Mann.«

Thissell kehrte auf dem Wege nach Fan zurück, den er gekommen war.

Wo der Weg von den Hügeln in die Esplanade einmündete, hatte man ein Gebäude mit dicken Mauern errichtet. Die Tür war aus einer massiven, schwarzen Planke geschnitzt; die Fenster von kunstvoll geschmiedeten Eisenbändern geschützt. Es handelte sich um das Büro von Cornely Welibus, Handelsfaktor, Importeur und Exporteur. Thissell fand Welibus auf der mit Fliesen belegten Veranda sitzend, er trug eine etwas abgewandelte Waldemarmaske. Er schien tief in Gedanken, und es war durchaus möglich, daß er Thissells Mondmotte gar nicht erkannte. Jedenfalls ließ er sich nichts anmerken und grüßte ihn auch nicht.

Thissell ging auf ihn zu. »Guten Morgen, Ser Welibus.«

Welibus nickte abwesend und sagte mit ausdrucksloser Stimme, wobei er an seinem *Krodatch* zupfte. »Guten Morgen.«

Thissell erschrak. Das war jedenfalls nicht das Instrument, das man gegenüber einem Freund und Landsmann benutzte, selbst wenn er die Mondmotte trug.

Thissell fragte kühl: »Darf ich fragen, seit wann Sie hier sitzen?«

Welibus überlegte eine halbe Minute lang, und als er diesmal antwortete, begleitete er seine Worte auf der etwas herzlicheren *Crebarin.* Aber Thissell hörte immer noch den *Krodatch*-Akkord.

»Seit fünfzehn oder zwanzig Minuten. Warum fragen Sie?«

»Ich hätte gerne gewußt, ob Sie einen Waldkobold gesehen haben?«

Welibus nickte. »Er ist die Esplanade hinuntergegangen — ich glaube, er ist dort in das Maskengeschäft gegangen.«

Thissell stieß zischend die Luft aus. Es war ganz logisch, daß dies Angmarks erster Schritt sein würde. »Sobald er einmal die

Maske gewechselt hat, werde ich ihn nie mehr finden«, murmelte er.

»Wer ist dieser Waldkobold?« fragte Welibus mit weit mehr als nur höflichem Interesse.

Thissell sah keinen Anlaß, den Namen zu verbergen. »Ein notorischer Verbrecher: Haxo Angmark.«

»Haxo Angmark!« ächzte Welibus und lehnte sich in seinem Sessel zurück. »Sind Sie sicher, daß er hier ist?«

»Ziemlich sicher.«

Welibus rieb sich die zitternden Hände. »Das ist eine schlechte Nachricht, wirklich eine schlechte Nachricht! Er ist ein skrupelloser Schurke.«

»Sie haben ihn gut gekannt?«

»So gut wie jeder andere.« Welibus begleitete sich jetzt auf dem *Kiv.* »Er hatte den Posten, den ich jetzt innehabe. Ich kam als Inspektor hierher und stellte fest, daß er viertausend UMIs pro Monat unterschlug. Ich bin sicher, daß er mir gegenüber keine große Dankbarkeit empfindet.« Welibus blickte nervös die Esplanade hinauf. »Ich hoffe, Sie können ihn festnehmen.«

»Ich werde mir große Mühe geben. Er ist in den Maskenladen gegangen, sagen Sie?«

»Ich bin ganz sicher.«

Thissell wandte sich ab. Als er den Weg hinunterging, hörte er, wie die schwere schwarze Tür hinter ihm ins Schloß fiel.

Er ging die Esplanade zum Laden des Maskenmachers hinunter und blieb davor stehen, als bewunderte er die Auslage: Hundert Miniaturmasken, aus seltenen Hölzern und Mineralien geschnitten, mit Smaragdsplittern, Spinnwebenseide, Wespenflügeln, versteinerten Schuppen und dergleichen geschmückt. Der Laden war leer, sah man von dem Maskenmacher ab, einem knorrig wirkenden Mann in einem gelben Umhang mit einer täuschend einfachen Universalexpertenmaske, die aus über zweitausend verschiedenen Holzstücken zusammengesetzt war.

Thissell überlegte, was er sagen würde, und wie er sich begleiten sollte, und trat dann ein. Der Maskenmacher bemerkte die Mondmotte und Thissells schüchternes Auftreten und setzte seine Arbeit fort.

Thissell wählte das leichteste seiner Instrumente und strich seinen *Strapan* — wahrscheinlich nicht gerade die glücklichste Wahl, da das Instrument ein gewisses Maß an Herablassung vermittelte. Thissell versuchte, das auszugleichen, indem er in warmen Tönen sang und den *Strapan* schrullig schüttelte, als er eine falsche Note anschlug: »Es ist interessant, mit einem Fremden zu handeln; seine Gewohnheiten sind nicht vertraut, er erweckt Neugierde. Vor nicht einmal zwanzig Minuten betrat ein Fremder diesen faszinierenden Laden, um seinen faden Waldkobold gegen eine der bemerkenswerten Kreationen zu vertauschen, die hier angeboten werden.«

Der Maskenmacher sah Thissell von der Seite an und spielte eine Folge von Akkorden auf einem Instrument, das Thissell noch nie gesehen hatte, ohne etwas dazu zu sagen: ein flexibler Sack, den er in der Hand hielt und von dem drei kurze Rohre zwischen den Fingern hervorstachen. Wenn man die Luft durch den Schlitz preßte, erklang ein oboenähnlicher Ton. Thissell hatte den Eindruck, daß es sich um ein sehr schwieriges Instrument handelte, und daß der Maskenmacher es perfekt beherrschte. Für sein noch ungeschultes Ohr vermittelte die Musik ein hohes Maß an Desinteresse.

Thissell versuchte es noch einmal, betätigte mühsam den *Strapan.* Er sang: »Für einen Außenweltler auf einem fremden Planeten ist die Stimme eines Bewohners seiner Heimat wie Wasser für eine verdurstende Pflanze. Eine Person, die zwei solcher Personen vereinen könnte, würde in einem solchen Akte der Barmherzigkeit große Befriedigung finden.«

Der Maskenmacher befingerte seinen eigenen *Strapan* und entlockte ihm eine Folge von Tönen, wobei seine Finger sich schneller bewegten als das Auge zu folgen vermochte. Er sang in formellem Stil: »Ein Künstler schätzt seine Augenblicke der Konzentration; er legt keinen Wert darauf, seine Zeit darauf zu verwenden, Banalitäten mit Personen von bestenfalls durchschnittlichem Prestige auszutauschen.« Thissell versuchte, eine Gegenmelodie erklingen zu lassen, aber der Maskenmacher schlug ein paar neue Akkorde an, deren Bedeutung Thissell unbegreiflich blieb, und er fuhr fort: »In den Laden tritt eine Person, die offenkundig zum erstenmal ein Instrument von unvergleichlicher Kompliziertheit in der Hand hält, denn die Art und Weise, wie er musiziert, erfordert Kritik. Er singt von Heimweh und Sehnsucht nach dem Anblick von Seinesgleichen. Er verbirgt seinen enormen *Strakh* hinter einer Mondmotte, denn er spielt einem Meisterhandwerker den *Strapan* und singt mit herablassender Stimme. Der schöpferische, erfahrene Künstler ignoriert die Herausforderung. Er spielt ein höfliches Instrument, läßt sich nicht provozieren und vertraut darauf, daß der Fremde gehen möge.«

Thissell hob seinen *Kiv.* »Der edle Maskenmacher mißversteht mich völlig . . .

Ein Stakkato vom *Strapan* des Maskenmachers unterbrach ihn. »Jetzt hält der Fremde es für richtig, das Auffassungsvermögen des Künstlers ins Lächerliche zu ziehen.«

Thissell kratzte wie wild an seinem *Strapan.* »Um mich vor der Hitze zu schützen, betrete ich einen kleinen, unauffälligen Maskenladen. Der Künstler, immer noch abgelenkt von der Neuheit seiner Werkzeuge, verspricht gute Entwicklung. Er arbeitet eifrig, um sein Geschick zu verbessern, so sehr, daß er sich weigert, mit Fremden zu sprechen, gleichgültig, was sie benötigen.«

Der Maskenmacher legte vorsichtig sein Schnitzwerkzeug weg. Er erhob sich, ging hinter einen Wandschirm und kehrte kurz darauf mit einer Maske aus Gold und Eisen zurück, die von simulierten Flammen umhüllt war. In einer Hand trug er ein *Skaranyi,* in der anderen einen Degen. Er schlug eine Folge wilder Töne an, und sang: »Selbst der berühmteste Künstler kann sein *Strakh* vermehren, indem er See-Ungeheuer, Nachtmänner und lästige Nichtstuer tötet. Eine solche Gelegenheit bietet sich. Der Künstler verzögert seinen Angriff um genau zehn Sekunden, weil der Beleidiger eine Mondmotte trägt.« Er wirbelte seinen Degen und ließ ihn kreisen.

Thissell zupfte verzweifelt an seinem *Strapan.* »Ist ein Waldkobold in den Laden gekommen? Hat er ihn mit einer neuen Maske verlassen?«

»Fünf Sekunden sind verstrichen«, sang der Maskenmacher mit monotoner Stimme.

Thissell rannte wütend hinaus. Er überquerte den Platz und sah sich nach allen Seiten um. Hunderte von Männern und Frauen schlenderten an der Pier entlang oder standen auf den Docks ihrer Hausboote, und jeder von ihnen trug eine Maske, die ausgewählt war, seine Stimmung, sein Prestige und seine besonderen Attribute auszudrücken. Überall erklangen Musikinstrumente.

Thissell wußte nicht weiter. Der Waldkobold war verschwunden. Haxo Angmark bewegte sich frei in Fan, und Thissell hatte den dringlichen Befehl von Castel Cromartin nicht ausgeführt.

Hinter ihm klangen die beiläufigen Töne eines *Kiv.* »Ser Mondmotte Thissell, Ihr steht in Gedanken versunken.«

Thissell wandte sich um und sah neben sich eine Höhleneule, in einen düsteren Umhang von schwarzgrauer Farbe gehüllt. Thissell erkannte die Maske, die Bildung und die geduldige Erforschung abstrakter Ideen symbolisierte; Mathew Kershaul hatte sie getragen, als sie sich vor einer Woche begegnet waren.

»Guten Morgen, Ser Kershaul«, murmelte Thissell.

»Und was machen die Studien? Haben Sie die Cis-Tonleiter auf dem *Gomapard* gelernt? Wie ich mich erinnere, hatten Sie Schwierigkeiten mit diesen Intervallen.«

»Ich habe an ihnen gearbeitet«, sagte Thissell mit niedergeschlagener Stimme. »Aber da man mich wahrscheinlich nach Polypolis zurückrufen wird, wird das Ganze sich vielleicht als Zeitvergeudung erweisen.«

»Hm? Wieso das?«

Thissell erklärte die Situation, die sich in bezug auf Haxo Angmark ergeben hatte. Kershaul nickte ernst. »Ich erinnere mich an Angmark. Keine sympathische Person, aber ein ausgezeichneter Musiker mit schnellen Fingern und einem echten Talent für neue Instrumente.« Er zupfte nachdenklich am Spitzbart seiner Höhleneulenmaske. »Was sind Ihre Pläne?«

»Es gibt keine«, sagte Thissell und entlockte seinem *Kiv* ein paar klagende Töne. »Ich habe keine Ahnung, was für Masken er tragen wird, und wenn ich nicht weiß, wie er aussieht, wie kann ich ihn dann finden?«

Kershaul zupfte an seinem Bart. »Früher bevorzugte er den Exo-Cambischen Zyklus, und ich glaube, er hat damals eine ganze Reihe der Bewohner der Unterwelt benutzt. Aber sein Geschmack kann sich heute geändert haben.«

»Genau«, beklagte sich Thissell. »Er könnte zwanzig Schritte von mir entfernt sein, und ich würde es nicht wissen.« Er blickte bitter über die Esplanade zum Laden des Maskenmachers hinüber. »Niemand will mir etwas sagen; ich bezweifle, daß es denen etwas ausmacht, ob ein Mörder in ihrer Stadt unterwegs ist.«

»Völlig richtig«, pflichtete Kershaul ihm bei. »Sirene hat völlig andere Maßstäbe als wir.«

»Sie besitzen kein Verantwortungsgefühl«, erklärte Thissell. »Ich bezweifle, daß sie einem Ertrinkenden ein Seil zuwerfen würden.«

»Es ist wahr, daß sie es nicht mögen, wenn man sich einmischt«, pflichtete Kershaul ihm bei. »Sie betonen die Verantwortung des Individuums.«

»Interessant«, sagte Thissell, »aber ich weiß immer noch nicht weiter.«

Kershaul musterte ihn ernst. »Und wenn Sie Angmark finden sollten, was werden Sie dann tun?«

»Die Befehle meines Vorgesetzten ausführen«, sagte Thissell hartnäckig.

»Angmark ist ein gefährlicher Mann«, sinnierte Kershaul. »Er hat Ihnen gegenüber einige Vorteile.«

»Das kann ich nicht mit in Betracht ziehen. Es ist meine Pflicht, ihn nach Polypolis zurückzuschicken. Aber wahrscheinlich ist er vor mir in Sicherheit, da ich ja nicht die entfernteste Ahnung habe, wie ich ihn finden soll.«

Kershaul überlegte. »Ein Außenweltler kann sich nicht hinter einer Maske verbergen, nicht vor den Sirenesen zumindest. Es gibt vier von uns hier in Fan — Rolver, Welibus, Sie und mich. Wenn ein weiterer Außenweltler versucht, hier einen Haushalt zu gründen, dann wird sich das in aller Kürze herumsprechen.«

»Und wenn er nach Zundar geht?«

Kershaul zuckte die Achseln. »Ich bezweifle, daß er das wagen würde. Andererseits . . .« Kershaul verstummte und folgte Thissells Blick, als er bemerkte, daß dieser ihm plötzlich nicht mehr zuhörte.

Ein Mann in der Maske eines Waldkobolds kam über die Esplanade auf sie zugetaumelt. Kershaul legte Thissell die Hand auf den Arm, aber der stellte sich dem Waldkobold in den Weg, die geliehene Pistole schußbereit. »Haxo Angmark«, rief er, »keine Bewegung, sonst töte ich Sie. Sie sind verhaftet.«

»Sind Sie sicher, daß es Angmark ist?« fragte Kershaul mit besorgter Stimme.

»Das werde ich herausfinden«, sagte Thissell. »Angmark, drehen Sie sich um, heben Sie die Hände.«

Der Waldkobold stand vor Überraschung und Verwunderung wie erstarrt. Er griff nach seinem *Zachinko,* spielte ein fragendes Arpeggio und sang: »Warum belästigt Ihr mich, Mondmotte?«

Kershaul trat vor und spielte eine besänftigende Phrase auf seinem *Slobo.* Ich fürchte, wir haben es hier mit einer Identitätsverwirrung zu tun, Ser Waldkobold. Ser Mondmotte sucht einen Außenweltler in einer Waldkoboldmaske.«

Die Musik des Waldkobolds wurde gereizt, und er wechselte plötzlich auf seinen *Stimic* über. »Er behauptet, ich sei ein Außenweltler? Er soll es beweisen, sonst räche ich mich.«

Kershaul sah sich verlegen unter der Menge um, die sich rasch angesammelt hatte, und schlug erneut eine besänftigende Melodie an. »Ich bin sicher, daß Ser Mondmotte . . .«

Der Waldkobold unterbrach ihn mit einer Fanfare von *Skaranyi*-Tönen. »Er soll Beweise bringen, oder sich darauf vorbereiten, daß Blut fließt.«

Thissell sagte: »Also gut, Beweise.« Er trat vor und packte die Maske des Waldkobolds. »Zeigen Sie Ihr Gesicht, das beweist Ihre Identität.«

Der Waldkobold sprang verblüfft zurück. Die Menge stöhnte, und dann begann ein ominöses Summen und Klingen verschiedener Instrumente.

Der Waldkobold griff sich an den Nacken, zog die Schnur seines Duellgongs und griff mit der anderen Hand nach seinem Degen.

Kershaul trat vor und spielte erregt seinen *Slobo.* Thissell, der es jetzt mit der Angst zu tun bekam, trat zur Seite, er spürte die drohenden Klänge aus der Menge.

Kershaul sang Erklärungen und Entschuldigungen, der Waldkobold antwortete, und dann sagte Kershaul über die Schulter gewandt zu Thissell. »Laufen Sie weg, sonst tötet man Sie! Schnell!«

Thissell zögerte; der Waldkobold hob die Hand, um Kershaul wegzustoßen. »Schnell!« schrie Kershaul. »Zu Welibus' Büro, schließen Sie sich ein!«

Thissell fing zu rennen an. Der Waldkobold verfolgte ihn ein paar Schritte, dann stampfte er mit den Füßen, jagte ihm ein paar schrille, spöttische Handfanfarenstöße nach, während die Menge kontrapunktische *Hymerkin*-Klänge von sich gab.

Zu einer weiteren Verfolgung kam es nicht. Statt in dem Import-Export-Büro Zuflucht zu suchen, wandte Thissell sich zur Seite und eilte zur Pier hinunter, wo sein Hausboot vertäut war.

Als er endlich an Bord war, dämmerte bereits der Abend. Toby und Rex kauerten auf dem Vorderdeck, umgeben von den Vorräten, die sie mitgebracht hatten: Weidenkörbe mit Obst und Getreide, Blauglaskrüge mit Wein, Öl und würzigem Saft, drei junge Schweine in einem Weidenpferch. Die beiden Sklaven knackten Nüsse mit den Zähnen und spuckten die Schalen über Bord. Als Thissell an Bord ging, blickten sie zu ihm auf, und es schien, als stünden sie ziemlich gleichgültig auf. Toby murmelte halblaut etwas; Rex unterdrückte ein Lachen.

Thissell betätigte ärgerlich sein *Hymerkin.* Er sang: »Wir legen ab, bleiben aber in Fan.«

In seiner Kabine nahm er die Mondmotte ab und starrte in den Spiegel, wo er seine fast schon nicht mehr vertrauten Züge vorfand. Er nahm die Maske und studierte die ihm widerwärtige Visage: die pelzbedeckte, graue Haut, die blauen Borsten und die lächerlichen, spitzen Lappen. Nicht gerade ein würdiges Gesicht für den konsularischen Vertreter der Heimatplaneten. Falls er diese Position noch innehatte, sobald Cromartin erfuhr, daß Angmark entkommen war! Thissell warf sich in einen Sessel und starrte ins Leere. Er hatte heute einige Rückschläge einstecken müssen, aber er war noch nicht besiegt, bei weitem nicht! Morgen würde er Mathew Kershaul aufsuchen, und dann würden sie darüber sprechen, wie Angmark am besten ausfindig zu machen war. Wie Kershaul schon erwähnt hatte, es war nicht möglich, daß ein Außenweltler sich hier lange versteckte. Haxo Angmarks Identität würde sich bald herumsprechen. Außerdem mußte er sich morgen eine andere Maske besorgen. Nichts Extremes oder

Großspuriges, aber eine Maske, die wenigstens ein Mindestmaß an Würde und Respekt ausstrahlte.

In diesem Augenblick klopfte einer der Sklaven an die Tür, und Thissell zog sich hastig die verhaßte Mondmaske wieder über den Kopf.

Früh am nächsten Morgen, ehe die Morgendämmerung der Sonne Platz gemacht hatte, skullten die Sklaven das Hausboot zu dem Abschnitt der Pier zurück, den man den Außenweltlern zugewiesen hatte. Weder Rolver noch Welibus noch Kershaul waren bis jetzt eingetroffen, und Thissell wartete ungeduldig. Eine Stunde verstrich, dann legte Welibus mit seinem Boot an. Da er nicht mit Welibus sprechen wollte, blieb Thissell in seiner Kabine.

Ein paar Augenblicke später ging auch Rolvers Boot längsseits. Durchs Fenster sah Thissell Rolver, der wie üblich seinen Tarnvogel trug, auf die Pier hinübersteigen. Ein Mann in einer Sandtigermaske mit gelben Tupfen erwartete ihn dort und spielte auf seinem *Gomapard* eine formelle Begleitung zu der Nachricht, die er Rolver überbrachte.

Rolver schien überrascht und etwas verunsichert. Nachdem er ein paar Augenblicke lang nachgedacht hatte, betätigte er seinen eigenen *Gomapard* und wies während des Singens auf Thissells Hausboot. Dann verbeugte er sich und ging seiner Wege.

Der Mann in der Sandtigermaske kletterte mit würdigem Gehabe auf den Ponton und klopfte an Thissells Boot.

Thissell zeigte sich. Die sirenesische Etikette verlangte nicht, einen beiläufigen Besucher an Bord zu bitten, und so schlug er nur eine fragende Note auf seinem *Zachinko* an.

Der Sandtiger spielte sein *Gomapard* und sang: »Die Morgendämmerung über der Bucht von Fan ist gewöhnlich ein heller Anblick; der Himmel ist hell mit gelben und grünen Farben; und wenn Mireille aufgeht, brennen die Nebel und wallen wie Flammen. Dem Sänger bereitet diese Stunde größeres Vergnügen, wenn nicht die treibende Leiche eines Außenweltlers die ruhige Beschaulichkeit der Szene stört.«

Thissells *Zachinko* erzeugte einen schrillen Klagelaut, ohne daß er sich überhaupt bewußt wurde, ihn angeschlagen zu haben; der

Sandtiger verbeugte sich würdevoll. »Der Sänger erkennt niemanden als ihm in Standfestigkeit überlegen an, aber er wünscht auch nicht, von einem unbefriedigten Gespenst belästigt zu werden. Deshalb hat er seinen Sklaven befohlen, ein Tau am Fußknöchel der Leiche zu befestigen, und während wir uns unterhielten, haben sie die Leiche am Heck Eures Hausbootes befestigt. Ihr werdet den Wunsch haben, die Zeremonien vorzunehmen, die die Außenwelt vorschreibt. Er, welcher singt, wünscht Euch einen guten Morgen und verläßt Euch jetzt.«

Thissell eilte ans Heck seines Bootes. Dort trieb, fast nackt und maskenlos, die Leiche eines erwachsenen Mannes, den die Luft in seinen weiten Hosen an der Wasseroberfläche hielt.

Thissell studierte das tote Gesicht, das ihm charakterlos und leer vorkam — vielleicht lag das daran, daß er sich inzwischen an das Maskentragen gewöhnt hatte. Die Leiche schien mittelgroß, und Thissell schätzte, daß der Tote zwischen fünfundvierzig und fünfzig Jahre alt sein mochte. Sein Haar war mittelbraun und die Gesichtszüge vom Wasser aufgedunsen. Nichts deutete darauf hin, wie der Mann gestorben war.

Das mußte Haxo Angmark sein, dachte Thissell. Wer sonst konnte es sein? Mathew Kershaul? Warum nicht? fragte Thissell sich beunruhigt. Rolver und Welibus hatten sich bereits ausgeschifft und waren ihren Geschäften nachgegangen. Er suchte die Bucht ab, um Kershauls Hausboot zu entdecken, und stellte fest, daß er gerade im Begriff war, an der Pier festzumachen. Soeben sprang Kershaul, mit seiner Höhleneulenmaske bekleidet, an Land. Er schien abwesend, denn als er an Thissells Hausboot vorüberkam, blickte er nicht einmal auf.

Thissell wandte sich wieder der Leiche zu. Angmark also, ohne Zweifel. Waren nicht drei Männer den Hausbooten von Rolver, Welibus und Kershaul entstiegen und hatten Masken getragen, die für diese Männer charakteristisch waren? Offensichtlich die Leiche Angmarks . . . aber die offensichtliche Lösung wollte Thissell nicht eingehen. Kershaul hatte angedeutet, daß ein weiterer Außenweltler hier sehr schnell identifiziert werden würde. Wie konnte Angmark also hier untertauchen, wenn er nicht . . . Thissell tat den Gedanken ab. Die Leiche war offensichtlich Angmark.

Und doch ...

Thissell rief seine Sklaven und gab Anweisung, einen geeigneten Behälter ans Dock zu bringen, damit man die Leiche in ihn legen und an einen geeigneten Ruheplatz bringen könne. Die Sklaven legten keine große Begeisterung für den Auftrag an den Tag, und Thissell sah sich gezwungen, heftig, wenn auch nicht sonderlich geschickt, auf dem *Hymerkin* zu poltern, um seinen Befehlen Nachdruck zu verleihen.

Er ging die Pier entlang, bog in die Esplanade ein, vorbei an dem Büro von Cornely Welibus und betrat schließlich den hübschen, kleinen Weg, der zum Landeplatz führte.

Als er dort eintraf, stellte er fest, daß Rolver bis jetzt noch nicht aufgetaucht war. Ein Obersklave, dem eine gelbe Rosette an der schwarzen Tuchmaske Rang verlieh, fragte, ob er zu Diensten sein könne. Thissell erklärte, daß er eine Nachricht nach Polypolis absetzen wollte.

Das bereite keine Schwierigkeiten, erklärte der Sklave. Wenn Thissell seine Mitteilung in deutlichen Blockbuchstaben aufsetzen wolle, könne er sie sofort durchgeben. Thissell schrieb:

> AUSSENWELTLER TOT AUFGEFUNDEN, MÖGLICHERWEISE ANGMARK. ALTER 48, MITTELGROSS, BRAUNES HAAR. ANDERE IDENTIFIZIERUNGSMÖGLICHKEITEN FEHLEN. ERWARTE BESTÄTIGUNG UND/ODER INSTRUKTIONEN.

Er adressierte die Nachricht an Castel Cromartin in Polypolis und übergab sie dem Obersklaven. Im nächsten Augenblick hörte er das charakteristische Knistern einer transspatialen Entladung.

Eine Stunde verstrich. Rolver erschien nicht. Thissell ging unruhig vor dem Büro auf und ab. Er hatte keine Ahnung, wie lange er würde warten müssen: die Zeit, die für transspatiale Sendungen benötigt wurde, war sehr unterschiedlich. Manchmal schnappte die Nachricht in Mikrosekunden durch, manchmal wanderte sie stundenlang durch unbekannte Regionen; und dann gab es ein paar authentische Beispiele von Nachrichten, die empfangen worden waren, ehe man sie abgesandt hatte.

Eine weitere halbe Stunde verstrich, und dann erschien Rolver mit seiner üblichen Tarnvogelmaske. Im gleichen Augenblick hörte Thissell das Zischen der eintreffenden Nachricht.

Rolver schien überrascht, Thissell zu sehen. »Was führt Sie zu so früher Stunde zu mir?«

Thissell erklärte: »Es betrifft die Leiche, die Sie mir heute morgen geschickt haben. Ich habe sie meinen Vorgesetzten gemeldet.«

Rolver hob den Kopf und lauschte auf das Geräusch der eintreffenden Nachricht. »Sie scheinen Antwort zu bekommen. Ich sollte mich wohl darum kümmern.«

»Warum die Mühe?« fragte Thissell. »Ihr Sklave scheint seine Sache gut zu machen.«

»Es ist meine Aufgabe«, erklärte Rolver. »Ich bin für die exakte Übertragung und den Empfang aller Astrogramme verantwortlich.«

»Ich komme mit«, sagte Thissell. »Ich wollte immer schon mal sehen, wie diese Geräte bedient werden.«

»Ich fürchte, das ist nicht zulässig«, sagte Rolver. Er ging zu der Tür, die ins Innere der Anlage führte. »Sie bekommen Ihre Mitteilung sofort.«

Thissell protestierte, aber Rolver ging nicht darauf ein, sondern ließ ihn einfach stehen.

Fünf Minuten später kam er mit einem kleinen, gelben Umschlag zurück. »Keine guten Nachrichten«, verkündete er mit ganz und gar nicht überzeugend wirkendem Mitgefühl.

Thissell öffnete den Umschlag. Das Astrogramm lautete:

LEICHE NICHT ANGMARK. ANGMARK HAT SCHWARZES HAAR. WARUM HABEN SIE IHN NICHT BEI LANDUNG ABGEFANGEN. ERNSTHAFTE PFLICHTVERLETZUNG, HÖCHST UNZUFRIEDEN. RÜCKKEHREN SIE POLYPOLIS NÄCHSTE GELEGENHEIT.

CASTEL CROMARTIN

Thissell steckte das Blatt ein. »Übrigens, darf ich Sie fragen, welche Haarfarbe Sie haben?«

Rolver spielte einen überraschten kleinen Triller auf seinem *Kiv.* »Ich bin blond. Warum fragen Sie?«

»Reine Neugierde.«

Rolver spielte eine weitere Tonfolge auf dem *Kiv.* »Jetzt verstehe ich. Was für eine argwöhnische Natur Sie doch sind, lieber Freund! Sehen Sie!« Er drehte sich um und öffnete seine Maske im Nacken. Thissell sah, daß Rolver tatsächlich blond war.

»Sind Sie jetzt beruhigt?« fragte Rolver heiter.

»O ja«, sagte Thissell. »Haben Sie übrigens eine andere Maske, die Sie mir leihen könnten. Ich mag diese Mondmotte nicht mehr.«

»Leider nein«, sagte Rolver. »Aber Sie brauchen nur in den Laden eines Maskenmachers zu gehen und sich eine auszuwählen.«

»Ja natürlich«, sagte Thissell. Er verabschiedete sich von Rolver und ging nach Fan zurück. Als er an Welibus' Büro vorbeikam, zögerte er und trat dann ein. Heute trug Welibus eine verwirrende Konstruktion aus grünen Glasprismen und Silberperlen, eine Maske, wie Thissell sie noch nie zuvor gesehen hatte.

Welibus begrüßte ihn vorsichtig zu den Klängen eines *Kiv.* »Guten Morgen, Ser Mondmotte.«

»Ich will Sie nicht aufhalten«, sagte Thissell, »aber ich möchte Ihnen eine sehr persönliche Frage stellen. Welche Haarfarbe haben Sie?«

Welibus zögerte nur ganz kurz, dann drehte er sich um und hob die Maske im Nacken. Thissell sah dicke, schwarze Locken. »Beantwortet das Ihre Frage?« erkundigte sich Welibus.

»Ganz und gar«, sagte Thissell. Er überquerte die Esplanade und ging auf die Pier hinaus zu Kershauls Hausboot. Kershaul begrüßte ihn ohne große Begeisterung und lud ihn mit einer resignierenden Handbewegung ein, an Bord zu kommen.

»Ich möchte Sie gerne etwas fragen«, sagte Thissell: »Welche Haarfarbe haben Sie?«

Kershaul lachte verlegen. »Das wenige Haar, das mir noch geblieben ist, ist schwarz. Warum fragen Sie?«

»Neugierde.«

»Kommen Sie«, sagte Kershaul ungewohnt direkt. »Da steckt doch mehr dahinter.«

Thissell, der das Bedürfnis hatte, sich auszusprechen, gab das zu. »Die Situation ist die — man hat heute morgen einen toten

Außenweltler gefunden. Er hatte braunes Haar. Ich bin nicht ganz sicher, aber die Wahrscheinlichkeit — lassen Sie mich überlegen —, ja, die Wahrscheinlichkeit ist zwei zu drei, daß Angmark schwarzes Haar hat.«

Kershaul zog am Bart seiner Höhleneulenmaske. »Wie kommen Sie auf diese Zahl?«

»Die Information ist mir durch Rolver übergeben worden. Er hat blondes Haar. Wenn Angmark Rolvers Identität übernommen hat, ist es logisch, daß er die Information geändert hat, die mir heute morgen übermittelt wurde. Sie und Welibus haben schwarzes Haar und geben das auch zu.«

»Hm«, sagte Kershaul. »Mal sehen, ob ich Ihrer Überlegung folgen kann. Sie sind der Meinung, daß Haxo Angmark entweder Rolver oder Welibus oder mich getötet und die Identität des Toten übernommen hat. Richtig?«

Thissell sah ihn überrascht an. »Sie haben doch selbst erklärt, daß Angmark sich hier nicht würde etablieren können, ohne sich zu verraten. Erinnern Sie sich nicht?«

»Oh, natürlich. Aber um fortzufahren — Rolver hat Ihnen eine Nachricht übergeben, in der steht, daß Angmark dunkel sei, und hat Ihnen gleichzeitig erklärt, daß er selbst blond wäre.«

»Ja. Können Sie das bestätigen? Ich meine für den alten Rolver?«

»Nein«, sagte Kershaul traurig. »Ich habe weder Rolver noch Welibus je ohne Maske gesehen.«

»Wenn Rolver nicht Angmark ist«, sinnierte Thissell, »wenn Angmark tatsächlich schwarzes Haar hat, dann stehen sowohl Sie als auch Welibus unter Verdacht.«

»Sehr interessant«, sagte Kershaul. Er musterte Thissell argwöhnisch. »Was das betrifft, könnten Sie selbst Angmark sein. Welche Haarfarbe haben Sie?«

»Braun«, sagte Thissell kurz angebunden. Er hob den grauen Pelz seiner Mondmottenmaske am Hinterkopf an.

»Aber Sie könnten mich bezüglich des Textes der Mitteilung täuschen«, meinte Kershaul.

»Das tue ich aber nicht«, sagte Thissell müde. »Sie können das ja bei Rolver überprüfen, wenn Sie wollen.«

Kershaul schüttelte den Kopf. »Unnötig. Ich glaube Ihnen.

Aber noch etwas: wie ist es mit den Stimmen? Sie haben uns alle vor und nach Angmarks Ankunft gehört. Liefert das keinen Hinweis?«

»Nein. Ich bin jetzt so auf Änderungen eingestimmt, daß sie alle unterschiedlich klingen. Und darüber hinaus verändern die Masken die Stimmen.«

Kershaul zupfte an seinem Kinnbart. »Ich sehe im Augenblick keine Lösung für das Problem.« Er lachte glucksend. »Aber im übrigen, bedarf es denn einer Lösung? Vor Angmarks Ankunft waren da Rolver, Welibus, Kershaul und Thissell. Jetzt sind hier — praktisch betrachtet — immer noch Rolver, Welibus, Kershaul und Thissell. Wer will denn behaupten, daß das neue Mitglied unserer Kolonie nicht eine Verbesserung gegenüber dem alten darstellt?«

»Ein interessanter Gedanke«, räumte Thissell ein, »aber zufälligerweise bin ich persönlich daran interessiert, Angmark zu identifizieren. Meine Karriere steht auf dem Spiel.«

»Ich verstehe«, murmelte Kershaul. »Damit wird die Situation zu einer persönlichen Angelegenheit zwischen Ihnen und Angmark.«

»Sie werden mir also nicht helfen?«

»Nicht aktiv. Ich habe mir den Individualismus der Sirenesen angeeignet. Ich denke, Sie werden feststellen, daß Rolver und Welibus ähnlich reagieren werden.« Er seufzte. »Wir sind alle schon zu lange hier.«

Thissell stand tief in Gedanken versunken da. Kershaul wartete geduldig eine Weile und sagte dann: »Haben Sie noch weitere Fragen?«

»Nein«, meinte Thissell. »Ich will Sie nur noch um eine Gefälligkeit bitten.«

»Gerne, wenn ich kann«, erwiderte Kershaul höflich.

»Geben oder leihen Sie mir auf ein oder zwei Wochen einen Ihrer Sklaven.«

Kershaul spielte einen amüsierten Ausruf auf seiner *Ganga.* »Ich trenne mich nicht gerne von meinen Sklaven; sie kennen mich und meine Wünsche . . .«

»Sobald ich Angmark gefaßt habe, bekommen Sie ihn zurück.«

»Also gut«, sagte Kershaul. Er klimperte einen Ruf auf seinem *Hymerkin,* und ein Sklave erschien. »Anthony«, sang Kershaul, »du mußt mit Ser Thissell gehen und ihm eine kurze Zeit dienen.«

Der Sklave verbeugte sich, ohne Freude zu zeigen.

Thissell nahm Anthony mit zu seinem Hausboot und befragte ihn ausführlich und notierte sich einige seiner Antworten auf eine Karte. Dann schärfte er Anthony ein, nichts von dem, was sich zugetragen hatte, weiterzuerzählen, und überließ ihn der Obhut von Toby und Rex. Weiterhin erteilte er Anweisung, das Hausboot von der Pier zu entfernen und niemanden an Bord zu lassen, bis er zurückgekehrt wäre.

Er machte sich erneut auf den Weg zum Landeplatz und fand Rolver beim Essen. Es gab gewürzten Fisch, zerstoßene Rinde vom Salatbaum und eine Schüssel mit einer Art Johannisbeeren. Rolver schlug einen Befehl auf dem *Hymerkin* an, und ein Sklave deckte für Thissell. »Welche Fortschritte machen Ihre Ermittlungen?«

»Ich kann nicht gerade behaupten, daß ich Fortschritte mache«, sagte Thissell. »Ich nehme an, ich kann auf Ihre Hilfe zählen?«

Rolver lachte kurz. »Sie haben meine besten Wünsche.«

»Konkreter gesagt«, fuhr Thissell fort, »ich würde gerne einen Sklaven von Ihnen ausborgen. Nur für kurze Zeit.«

Rolver hörte auf zu essen. »Wozu denn?«

»Das möchte ich lieber nicht erklären«, sagte Thissell. »Aber Sie können versichert sein, daß ich diese Bitte nicht leichtfertig ausspreche.«

Rolver rief unfreundlich einen Sklaven und übergab ihn Thissell.

Auf dem Rückweg zu seinem Hausboot machte Thissell bei Welibus' Büro Halt.

Welibus blickte von seiner Arbeit auf. »Guten Nachmittag, Ser Thissell.«

Thissell kam gleich zur Sache. »Ser Welibus, würden Sie mir für ein paar Tage einen Ihrer Sklaven leihen?«

Welibus zögerte und zuckte dann die Achseln. »Warum nicht?« Er schlug sein *Hymerkin* an; ein Sklave erschien. »Einverstanden mit ihm? Oder würden Sie eine junge Frau vorziehen?«

Er lachte ziemlich beleidigend, wenigstens empfand Thissell das so.

»Doch, er geht schon. Sie bekommen ihn in ein paar Tagen zurück.«

»Hat keine Eile.« Welibus machte eine wegwerfende Handbewegung und ging wieder an die Arbeit.

Thissell kehrte zu seinem Hausboot zurück, wo er jeden der beiden neuen Sklaven einzeln befragte und sich Notizen machte.

Die Dämmerung zog weich über den Titanischen Ozean. Toby und Rex skullten das Hausboot von der Pier weg und hinaus auf die seidigen Wellen. Thissell saß auf Deck und lauschte dem Klang weicher Stimmen und dem Klimpern von Musikinstrumenten. Die Lichter der vorbeiziehenden Hausboote schimmerten gelb und wassermelonenrot. Das Ufer war finster; bald würden die Nachtmänner kommen und den Unrat durchstöbern und eifersüchtig aufs Wasser hinausstarren.

In neun Tagen flog die *Buenaventura* planmäßig Sirene an. Thissell hatte Befehl, nach Polypolis zurückzukehren. Würde er in neun Tagen Haxo Angmark ausfindig machen können?

Neun Tage waren keine lange Zeit, sagte sich Thissell. Aber vielleicht würde sie ausreichen.

Zwei Tage verstrichen, und drei, und vier, und fünf. Jeden Tag ging Thissell an Land, und jeden Tag wenigstens einmal besuchte er Rolver, Welibus und Kershaul.

Jeder reagierte anders auf seine Angelegenheit. Rolver war zynisch und reizbar; Welibus förmlich und, wenigstens oberflächlich, freundlich; Kershaul mild und weltmännisch, aber auffällig unpersönlich und in seinen Gesprächen distanziert.

Thissell ging nicht auf Rolvers mürrische Art, Welibus' Heiterkeit und Kershauls Zurückgezogenheit ein. Und jeden Tag, wenn er auf sein Hausboot zurückkehrte, machte er sich Notizen auf seiner Karte.

Der sechste, der siebente, der achte Tag kamen und gingen. Rolver erkundigte sich mit ziemlich brutaler Geradlinigkeit, ob Thissell eine Passage auf der *Buenaventura* buchen sollte. Thissell überlegte und sagte dann: »Ja, Sie sollten eine Passage für eine Person reservieren.«

»Zurück in die Welt der Gesichter«, schauderte Rolver. »Gesichter! Überall bleiche, fischäugige Gesichter. Münder, weich wie Pulpe, knollige Nasen mit Löchern; flache, schwabbelige Gesichter, eins wie das andere. Ich glaube nicht, daß ich das noch einmal ertragen könnte, nachdem ich hier gelebt habe. Zum Glück sind Sie kein richtiger Sirenese geworden.«

»Aber ich werde nicht zurückgehen«, sagte Thissell.

»Ich dachte, Sie wollten, daß ich eine Passage buche.«

»Das will ich auch. Für Haxo Angmark. Er wird nach Polypolis zurückkehren, und zwar in der Arrestzelle.«

»Nun, nun«, sagte Rolver. »Sie haben ihn also ausfindig gemacht.«

»Natürlich«, sagte Thissell. »Sie nicht?«

Rolver zuckte die Achseln. »Er ist entweder Welibus oder Kershaul, mehr weiß ich nicht. Solange er seine Maske trägt und sich Welibus oder Kershaul nennt, bedeutet mir das nichts.«

»Mir bedeutet es sehr viel«, sagte Thissell. »Um welche Zeit fliegt der Leichter morgen ab?«

»Elf Uhr zweiundzwanzig, pünktlich. Wenn Haxo Angmark mitkommt, dann sagen Sie ihm, er soll pünktlich sein.«

»Er wird hier sein«, versicherte Thissell.

Er machte seinen üblichen Besuch bei Welibus und Kershaul, und als er dann auf sein Hausboot zurückgekehrt war, machte er drei letzte Eintragungen auf seiner Karte.

Die Beweise waren da, ganz klar und überzeugend. Kein absolut unwiderlegbarer Beweis, aber genug, um den nächsten Schritt zu rechtfertigen. Er überprüfte seine Waffe. Morgen war der Tag der Entscheidung. Irrtümer konnte er sich nicht leisten.

Der Tag dämmerte in grellem Weiß, und der Himmel sah aus wie die Innenseite einer Austernmuschel; Mireille ging in irisierenden Nebeln auf. Toby und Rex skullten das Hausboot an die Pier. Die drei anderen Außenwelt-Hausboote dümpelten schläfrig in der Dünung.

Ein Boot beobachtete Thissell besonders aufmerksam, jenes, dessen Besitzer Haxo Angmark getötet und in den Hafen geworfen hatte. Dieses Boot schob sich jetzt ebenfalls auf die Anlegestelle zu, und Haxo Angmark selbst stand auf dem Vorderdeck. Er trug eine Maske, die Thissell noch nie zuvor gesehen hatte;

eine Konstruktion aus scharlachroten Federn, schwarzem Glas und stacheligem grünen Haar.

Thissell mußte seine Haltung bewundern. Ein raffinierter Plan, geschickt ausgedacht und durchgeführt — aber von einer unüberwindbaren Schwierigkeit beeinträchtigt.

Angmark ging wieder unter Deck. Das Hausboot legte an. Sklaven warfen Taue aus und legten die Gangplanke. Thissell, die Waffe schußbereit in der Tasche seines Umhangs, ging auf die Pier hinunter und ging an Bord. Er stieß die Tür zum Salon auf. Der Mann am Tisch hob seine rot-grünschwarz gefärbte Maske überrascht.

Thissell sagte: »Angmark, bitte widersetzen Sie sich nicht und machen Sie keine . . .«

Etwas Schweres, Hartes packte ihn von hinten; er wurde zu Boden geworfen, die Waffe wurde ihm geschickt entwunden.

Hinter ihm klimperte ein *Hymerkin;* eine Stimme sang: »Bindet dem Narren die Arme!«

Der Mann, der am Tisch saß, erhob sich und nahm die rotschwarz-grüne Maske ab, so daß man das schwarze Tuch eines Sklaven sehen konnte. Thissell drehte den Kopf. Über ihm stand Haxo Angmark, er trug die Maske des Drachenzähmers, aus schwarzem Metall gefertigt, mit einer Nase wie eine Messerschneide, eingesetzten Augenrohren und drei gezackten Kämmen, die über den Schädel nach hinten verliefen.

Der Ausdruck der Maske war undurchdringlich, aber Angmarks Stimme klang triumphierend. »Ich habe Sie leicht in die Falle gelockt, wie?«

»Das haben Sie«, sagte Thissell. Der Sklave hatte inzwischen seine Handgelenke aneinandergefesselt. Ein Klirren von Angmarks *Hymerkin* hieß ihn, das Zimmer zu verlassen. »Stehen Sie auf!« sagte Angmark. »Setzen Sie sich in den Stuhl da!«

»Worauf warten wir?« erkundigte sich Thissell.

»Zwei von unseren Leuten sind noch draußen auf dem Wasser. Für das, was ich vorhabe, brauchen wir sie nicht.«

»Und das wäre?«

»Das werden Sie zu gegebener Zeit erfahren«, sagte Angmark. »Wir haben noch eine Stunde Zeit.«

Thissell prüfte seine Fesseln. Sie waren ohne Zweifel fest und sicher.

Angmark setzte sich. »Wie haben Sie mich identifiziert? Ich muß zugeben, daß ich neugierig bin ... Kommen Sie, kommen Sie!« schalt er, als Thissell stumm blieb. »Können Sie nicht anerkennen, daß ich Sie besiegt habe? Machen Sie es sich doch nicht so schwer.«

Thissell zuckte die Achseln. »Ich bin von einem grundlegenden Prinzip ausgegangen. Ein Mann kann sein Gesicht maskieren, aber nicht seine Persönlichkeit.«

»Aha«, sagte Angmark. »Interessant. Fahren Sie fort!«

»Ich borgte mir je einen Sklaven von Ihnen und den zwei anderen Außenweltlern aus und befragte sie sorgfältig. Welche Masken hatten Ihre Herrn in dem Monat vor Ihrer Ankunft getragen? Ich legte mir eine Karte an und zeichnete die Antworten auf. Rolver trug etwa achtzig Prozent der Zeit den Tarnvogel, die übrigen zwanzig Prozent verteilten sich zwischen Sophistischer Abstraktion und Schwarzer Feinheit. Welibus hatte etwas für die Helden des Kan-Dachan-Zyklus übrig. Er trug die meiste Zeit den Chalekun, den Tapferen Prinzen, und den Seefalken: sechs von acht Tagen. Die zwei anderen Tage trug er seinen Südwind oder seinen Munteren Begleiter. Kershaul, der viel konservativer war, zog die Höhleneule, den Sternenwanderer und zwei oder drei andere Masken vor, die er gelegentlich trug.

Wie gesagt, ich beschaffte mir diese Information von der wahrscheinlich verläßlichsten Quelle, den Sklaven. Mein nächster Schritt bestand darin, Sie alle drei zu überwachen. Ich notierte mir jeden Tag, was für Masken Sie trugen, und verglich das mit meiner Karte. Rolver trug seinen Tarnvogel sechsmal, seine Schwarze Feinheit zweimal. Kershaul trug seine Höhleneule fünfmal, seinen Sternwanderer einmal, seinen Quincunx einmal und sein Ideal der Perfektion einmal. Welibus trug den Smaragdberg zweimal, den Dreifachen Phoenix dreimal, den Tapferen Prinzen einmal und den Haigott zweimal.«

Angmark nickte nachdenklich. »Jetzt erkenne ich, was ich falsch gemacht habe. Ich habe aus Welibus' Masken gewählt, aber nach meinem eigenen Geschmack — und wie Sie sagen, mich dabei verraten. Aber nur Ihnen.« Er stand auf und ging ans

Fenster. »Kershaul und Rolver kommen jetzt an Land; sie werden gleich hier vorbeikommen und ihren Geschäften nachgehen — obwohl ich bezweifle, daß sie sich einmischen würden; sie sind beide gute Sirenesen geworden.«

Thissell wartete stumm. Zehn Minuten verstrichen. Dann holte Angmark ein Messer von einem Regal. Er sah Thissell an. »Stehen Sie auf!«

Thissell erhob sich langsam. Angmark trat von der Seite neben ihn, schnitt und hob die Mondmotte von Thissells Kopf. Thissell schnaufte erschreckt auf und versuchte vergeblich, sie festzuhalten. Zu spät. Sein Gesicht war nackt und bloß.

Angmark wandte sich ab, nahm die eigene Maske ab und setzte die Mondmotte auf. Er schlug einen Akkord auf seinem *Hymerkin* an. Zwei Sklaven traten ein und blieben erschrocken stehen, als sie Thissell erblickten.

Angmark spielte ein schnelles Stakkato und sang: »Tragt diesen Mann an Land.«

»Angmark«, schrie Thissell. »Ich bin maskenlos!«

Die Sklaven packten ihn und schleppten ihn, obwohl Thissell sich verzweifelt wehrte, aufs Deck, über den Ponton und auf die Pier hinüber.

Angmark befestigte ein Seil um Thissells Hals. Er sagte: »Sie sind jetzt Haxo Angmark, und ich bin Edwer Thissell. Welibus ist tot. Und Sie werden bald tot sein. Ich kann Ihren Posten ohne Schwierigkeit übernehmen. Ich werde Musikinstrumente wie ein Nachtmann spielen und wie eine Krähe singen. Ich werde die Mondmotte tragen, bis sie verfault, und mir dann eine andere besorgen. Der Bericht wird nach Polypolis gehen, Haxo Angmark ist tot. Alle werden sich wieder beruhigen.«

Thissell hörte ihn kaum. »Das können Sie nicht tun«, flüsterte er. »Meine Maske, mein Gesicht . . .« Eine vierschrötige Frau in einer blau und rosafarbenen Blumenmaske kam die Pier entlang. Sie sah Thissell, stieß einen durchdringenden Schrei aus und warf sich zu Boden.

»Kommen Sie!« sagte Angmark munter. Er zog an dem Seil und zerrte Thissel damit hinter sich her. Ein Mann in der Maske eines Piratenkapitäns, der von seinem Hausboot heraufkam, stand vor Staunen erstarrt da.

Angmark spielte den *Zachinko* und sang: »Seht den notorischen Verbrecher Haxo Angmark. Auf allen äußeren Welten verunglimpft man seinen Namen; jetzt ist er gefangen und wird in Schande zu seinem Tode geführt. Seht Haxo Angmark!«

Sie bogen in die Esplanade ein. Ein Kind schrie verängstigt auf; ein Mann rief heiser etwas Unverständliches. Thissell stolperte; Tränen flossen aus seinen Augen; er konnte nur undeutliche Umrisse und Farben erkennen. Angmarks Stimme hallte voll: »Seht alle den Verbrecher der Außenwelten, Haxo Angmark! Tretet näher und werdet Zeuge seiner Exekution!«

Thissell rief mit schwächlicher Stimme: »Ich bin nicht Angmark; ich bin Edwer Thissell; er ist Angmark.« Aber niemand hörte auf ihn. Ringsum hallten Rufe des Ekels, des Schreckens und der Angst, als die Menge sein Gesicht sah. Er rief Angmark zu: »Geben Sie mir meine Maske, ein Sklaventuch . . .«

Angmark jubilierte: »In Schande hat er gelebt, in maskenloser Schande stirbt er.«

Ein Waldkobold stand vor Angmark. »Mondmotte, wir begegnen uns wieder.«

Und Angmark sang: »Tretet zur Seite, mein Kobold! Ich muß diesen Verbrecher hinrichten. In Schande hat er gelebt, in Schande stirbt er!«

Eine Menge hatte sich um die Gruppe gesammelt; Masken starrten Thissell in morbider Erregung an.

Der Waldkobold entriß Angmark das Seil und warf es zu Boden. Die Menge brüllte. Stimmen riefen: »Kein Duell, kein Duell! Tötet das Monstrum!«

Ein Tuch wurde Thissell über den Kopf geworfen. Thissell erwartete, daß ein Messer ihn durchbohrte. Doch statt dessen wurden seine Fesseln zerschnitten. Hastig zog er sich das Tuch zurecht, verbarg sein Gesicht und spähte durch die Falten hinaus.

Vier Männer packten Haxo Angmark. Der Waldkobold baute sich vor ihm auf und spielte das *Skaranyi.* »Vor einer Woche wolltest du mir meine Maske abreißen; jetzt hast du dein perverses Ziel erreicht!«

»Aber er ist ein Verbrecher«, rief Angmark. »Ein notorischer Verbrecher, berüchtigt!«

»Was sind seine Missetaten?« sang der Waldkobold.

»Er hat gemordet, betrogen; Schiffe vernichtet; gefoltert, erpreßt, geraubt, Kinder in die Sklaverei verkauft; er hat . . .«

Der Waldkobold unterbrach ihn. »Eure religiösen Differenzen interessieren nicht. Aber für deine gegenwärtigen Verbrechen können wir uns verbürgen!«

Der Stallknecht trat vor. Mit wilder Stimme sang er: »Diese unverschämte Mondmotte hat vor neun Tagen versucht, mein bestes Tier zu nehmen!«

Ein anderer Mann schob sich in den Vordergrund. Er trug einen Universalexperten und sang: »Ich bin Meister-Maskenmacher; ich erkenne diese Mondmotte, einen Außenweltler! Erst vor kurzer Zeit betrat er meinen Laden und verspottete mein Geschick. Er verdient den Tod!«

»Tod diesem Ungeheuer von einem Außenweltler!« schrie die Menge. Eine Woge von Menschen drängte nach vorne. Stählerne Klingen hoben sich und senkten sich, und das blutige Werk war getan.

Thissell sah zu, unfähig, sich zu bewegen. Der Waldkobold trat vor und sang streng zu den Klängen seines *Stimic:* »Mit Euch haben wir Mitleid — hegen für Euch aber auch Verachtung. Ein echter Mann würde sich nie solche Unwürdigkeit gefallen lassen!«

Thissell atmete tief. Dann griff er an seinen Gürtel und fand sein *Zachinko.* Er sang: »Mein Freund, Ihr tut mir unrecht! Wißt Ihr nicht wahren Mut zu schätzen? Würdet Ihr es vorziehen, im Kampf zu sterben, oder maskenlos über die Esplanade zu gehen?«

Der Waldkobold sang: »Darauf gibt es nur eine Antwort. Ich würde zuerst im Kampfe sterben; die Schande könnte ich nicht ertragen.«

Thissell sang: »Die Wahl hatte ich. Ich konnte mit gefesselten Händen kämpfen und sterben — oder Schande erleiden und durch diese Schande meinen Feind besiegen. Ihr gebt zu, daß Euch der *Strakh* fehlt, um diese Tat zu vollbringen. Ich habe mich als Held der Tapferkeit erwiesen! Ich frage, wer von euch hat den Mut, zu tun, was ich getan habe?«

»Mut?« fragte der Waldkobold. »Ich fürchte nichts, bis zum Tod von der Hand der Nachtmänner und darüber hinaus!«

»Dann gebt Antwort!«

Der Waldkobold trat einen Schritt zurück. Er spielte einen Doppel-*Kamanthil.* »Tapferkeit, fürwahr, wenn dies Euer Motiv war.«

Der Stallknecht schlug ein paar halblaute *Gomapard*-Akkorde an und sang: »Kein Mann unter uns hätte gewagt, was dieser maskenlose Mann getan hat.«

Die Menge murmelte Zustimmung. Der Maskenmacher trat auf Thissell zu und strich untertänig seinen Doppel-*Kamanthil.* »Ich bitte Euch, Lord Heros, tretet in meinen Laden und vertauscht diesen schmutzigen Fetzen gegen eine Maske, die Euer würdig ist.«

Ein anderer Maskenmacher sang: »Ehe Ihr wählt, Lord Heros, seht Euch meine Kreationen an!«

Ein Mann in der Maske eines Himmelsvogels trat ehrfürchtig an Thissell heran. »Ich habe soeben ein prunkvolles Hausboot fertiggestellt; siebzehn Jahre habe ich an ihm gearbeitet. Gewährt mir die Ehre, dieses herrliche Fahrzeug anzunehmen und zu benutzen; an Bord erwarten Euch geschickte Sklaven und zierliche Jungfrauen; es hat reichlich Wein geladen, und die Decks sind mit seidenen Teppichen belegt.«

»Danke«, sagte Thissell und schlug den *Zachinko* selbstbewußt an. »Ich nehme mit Vergnügen an. Aber zuerst eine Maske.«

Der Maskenmacher spielte einen fragenden Triller auf dem *Gomapard.* »Würde der Lord Heros einen Seedrachen-Eroberer als unter seiner Würde betrachten?«

»Keineswegs«, sagte Thissell. »Ich halte ihn für passend und befriedigend. Ich werde ihn mir ansehen.«